転生したら
最強種たちが
住まう島でした。5
この島でスローライフを楽しみます
Author 平成オワリ Illustration Noy
JN014393

エリー
勇者パーティーの魔女。ツンデレな仲間思い
カーラ・マルグリッド
「七天大魔導・第四位」。腹黒い性格
セレス
勇者パーティーの聖女。アラタを現人神と崇める

セティ・
バルドドル
「七天大魔導・第三位」。強者との戦いを求める
アーク
人間の勇者。優しく穏やかな剣士
ゼフィール・
アントマン
「七天大魔導・第二位」。中間管理職の苦労人

「貴方は……？
いや……私は、誰だ？」
（そのパターンかぁ……）
エディンバラ・エミール・エーデルハイド
「七天大魔導・第一位」。レイナの師匠で人類最強の魔法使いだが、記憶喪失中
アラタ
（藤《とう》堂《どう》新《あらた》）
無敵の肉体を持つ転生者。最強種の島の住人たちとスローライフを送る

転生したら最強種たちが住まう島でした。

この島でスローライフを楽しみます

5

Author 平成オワリ
Illustration Noy

登場人物

アラタ
（藤堂新）
無敵の肉体を持つ転生者。最強種の島の住人たちとスローライフを送る
レイナ・ミストラル
アラタと一緒に暮らす「七天大魔導・第七位」の魔法使い。家事全般が得意
スノウ
幼い「氷の大精霊」の少女。アラタとレイナのことが大好き

ルナ

元気印な神獣族の女の子。先祖はヴィルヘルミナのかつての親友・タマモ

ティルテュ

「神龍バハムート」を祖にする古代龍。アラタの気を引くため日々奮闘中

カティマ

怪力を誇るアールヴ族の少女。最近はスノウの良き遊び相手

ヴィルヘルミナ・ヴァーミリオン・ヴォーハイム

島に遙か昔より住む「真祖の吸血鬼」。退屈しのぎのイタズラが趣味

エルガ

「フェンリル」の力を持つ神獣族の青年。言動は荒っぽいが面倒見が良い

ギュエス

鬼神族の青年でサクヤの兄。アラタを兄貴分として慕う

サクヤ

心優しい鬼神族の少女。古代龍族の若者グラムに恋心を抱く

シェリル

強大な力を持つ「闇の大精霊」。アールヴたちから崇拝されている

プロローグ　来訪者

前世でサラリーマンをしていた俺こと藤堂新《とうどうあらた》はある日、神様の手違いによって死んでしまい、異世界に転生した。

しかも転生特典を貰えるという条件で、だ。

前世では仕事に忙殺され人間関係にも疲れていたため、俺が願ったのは『人間が誰もいない場所』、『健康的な身体《からだ》』の二つ。

神様からはプラスで、見ただけで魔法とかをコピー出来る能力も付けられた。

最初はなぜ？　と思ったが、今では神様ありがとうと言う他ない。

なにせ俺が転生した島は電気もインターネットもない場所だったから。

人間のいない島だから当然なのだが、当時の俺はそんなことにすら気が回らなかった。

インフラ設備のない場所に、現代社会に生きてきた普通の人間が生き残れるはずもなく、魔法というのは今では不可欠なものになっている。

しかも転生したのは『人間』が住んでいない島なだけで、ちゃんと先住民族がいる場所だった。

伝説と呼ばれるような種族や最強種、さらには神と呼ばれるような存在。

本当の意味で誰もいない島に転生するのであれば、コピー能力なんて必要なかったのだ。

――今思うと、神様はちゃんと俺のことを理解してくれていたんだろうな。

本心を伝えたつもりでも、実際はその場凌《しの》ぎのことを話してしまったのだと思う。

なにも変わらないと思っていた過去の自分。

しかしそれは、周囲の人や環境が変わることで変わることが出来るのだと知った。

最初は誰とも交流をせず、一人で生きていこうと思っていた気持ちが、今では島全体を巻き込んだ大宴会を開こうとしているのだから、とても大きな変化だろう。

だからこそ俺は、いつも近くにいるようでどこか遠くを見ていた吸血鬼の真祖であるヴィーさんと、本気で向き合うことにした。

長く彼女を見守ってきたタマモさんからヴィーさんの過去を知り、その想いを受け止め、そして――。

◇

太陽の光がカーテンから差し込み、朝が来たことを身体が理解して目を覚ます。

「くぁ……」

この島には時計がないので、時間はすべて太陽の位置で判断していた。

外からは早朝特有の鳥の鳴き声。

起きる時間としては早い方だろう。

この身体は寝なくても健康面では問題ないのだが、それでも俺は日々きちんとした生活を心がけるようにしていた。

そうじゃないと、本当の意味で人じゃなくなってしまうかもしれないから。

「……ところで」

ちょっとだけ真面目なことを考えつつ、俺は自分の布団をめくる。

そこには金髪の美しい少女が腕に牙を突きつけて、チューチューと血を吸っていた。

「……ヴィーさん、なにしてるんですか？」

「朝食だが？」

一度腕から口を離し、まるで悪びれた様子もなく嗤《わら》ったあと、再び牙を突き立てる。

そして再会する吸血行為。

痛みこそないが、脈打つ腕には少し違和感があった。

「ヴィーさんにとって必要だというのはわかりますけど……」

「本来、私に吸血行為は必要ないがな」

「とりあえず、寝てる間にするのは止めて下さい」

朝から気怠《けだる》さを感じるので止めさせたいが、言って聞くような人でないことも理解している。

それに、吸血行為が生きるための手段ではないにしても、あった方がいいのもまた事実。

つい先日、俺は彼女に生きて欲しいと願い、色々あって住む城を壊してしまった責任もある。

結果的に城を直すまで家に住むことも、こうして娯楽のために吸血行為を受け入れるのも、仕方がないだろう。

「ところで、レイナのご飯じゃ駄目なんですか？」

「ん……さっきも言ったが、そもそも真祖に飯も血もいらん」

「……じゃあなんで吸ってるんです？」

「美味いから。あと——」

ガチャリと、部屋の扉が開く。

スノウが起きたのかなと思ってみると、レイナがこちらを見ていた。

「……」

笑顔なんだが、俺は彼女のあの笑みを知っている。

あれは、怒りを押し殺しているときの顔だ。

「……違うんだレイナ」

「ええ、わかってるわ」

ヴィーさんを見ると、とても良い笑顔でこちらを見上げていた。

「なんで血を吸っているか聞いたな？　つまり……こういうのが、見たいからだよ」

怒っているレイナにニヤリと嗤ったヴィーさんは、自分の服をはだけさせて俺に密着してきた。

まるで、これからいやらしいことをしようとするような雰囲気。

俺目線で言えば、ただからかっているだけだとわかる。

ただレイナを挑発して、感情を高ぶらせようとしているだけだ。

レイナだってそれはわかっているはず……なのになんでそんな怖い目してるのかな？

「ヴィルヘルミナさん、離れなさい」

「いやだ。お前の男というわけじゃないんだから、いいだろう？　ああそれとも……」

——実はお前ら、すでにヤった後だったか？

「そ、そんなわけないじゃない！」

クケケケケ、と悪魔のように笑うヴィーさんの言葉に、レイナは顔を真っ赤にして反論する。

——レイナ、その反応はヴィーさんの思う壺だよ。

だってほら、さっきから最高に美味しいな、とでも言いたげな表情でニヤニヤとしてるし。

「じゃあ私が今からヤっても文句などないだろう？」

「こ、こんな朝からそんなの駄目に決まってるじゃない！」

「ほう、ほうほうほう！　なら夜ならいいわけだ！　なるほどな！」

「あ、今のは違——」

ヴィーさんは俺から離れると、言質《げんち》は取ったぞ、とレイナを見上げる。

そんな彼女にレイナは押され、戸惑った表情。

「くっくっく……それじゃあアラタ。また夜にお前のところに行くから、せいぜい精の付くものを食べておけよ」

「だ、駄目よ!? アラタも、今日はご飯抜きだからね！」

「それはあんまりだ……」

「あーはっはっは！」

そんな俺たちのやりとりを見て笑ってから、ヴィーさんは自分の部屋へ戻って行くのであった。

◇

砂の上を引く波の音を聞きながら、釣り竿を持って海岸を歩く。

この世界に転生した場所が海だったからか、波の音を聞いていると心が落ち着く。

ゆっくりしたいとき、困ったときはよくここに来てのんびりしていた。

「しかしまさか、本当に朝ご飯を抜きにされるとは……」

朝からからかわれたレイナは、それが冗談だとわかっていてなお、疑いの目を向けていた。

——念のため、念のためだから！

　そう言ってみんなが朝食を食べている間、俺だけご飯抜きという悲しい出来事が発生してしまったのだ。

　別にこの身体は食事をしなくても死なないし、空腹感も鈍いからいいんだけど、みんなが美味しそうに食べている中で一人というのはさすがに寂しい。

「あと地味に、スノウにママを怒らせたから、めっ、って言われたのもショックだ」

　妙に居づらくなってしまった俺は、悲しみを背負って一人、海にやってきた。

「……」

　ふと、リストラされたことを家族に言えないサラリーマンが、公園のベンチに一人座るシーンが頭をよぎる。

「いやいや、別にそういうわけじゃないし」

　などと脳内の妄想を消し、釣りのベストスポットである岩場の方へと向かっていく。

　ティルテュやルナと一緒だと彼女たちが飽きて騒ぎ出してしまうので、たまにはこうして一人で釣りも悪くはない。

　そんなことを考えながら歩いていると、足下に紫色の帽子が落ちていることに気付いた。

「ん？」

　見た目は軍帽のようだが、この島の住民の物にしてはどうも違和感がある。

　色んな種族が多いので服装のバリエーションは結構あるが、機能的な物はあまり見たことがなかったからだ。

「なんでこんなものが落ちてるんだろ？」

そう思って少し離れた海岸を見ると、小柄な人が倒れていた。

「えーと……」

長い金髪のせいでわかりづらいが、この島の住民ではないと思う。

というか、もう三度目になるのでなんとなく状況はわかる。

つまり、島の外からの漂流者だ。

「とりあえず助けないと！」

急いで倒れている人に駆け寄る。

レイナたちのときと違って水を飲んだというわけではなく、呼吸も安定していた。

おそらくショックで気絶しているだけだろう。

「良かった……ってあれ？　耳が——」

レイナやゼロスたちを見る限り、大陸の人間は俺と同じ人の姿のはずだ。

しかしこの少女の耳は尖っていて、人間以外の種族に見える。

「それに、どことなくヴィーさんに似ているような……」

「うっ……」

とりあえず抱きかかえて家まで、と思っていたら少女が目を覚ました。

赤みがかった瞳と目が合い、驚いた様子。

「貴方は……？　いや……」

「あ、目が覚めましたか。俺は――」

「私は、誰だ？」

「……」

そのパターンかぁ……。

濡れた小柄な少女を抱きかかえながら、俺はどこかで笑ってそうな悪戯《いたずら》の神を恨むのであった。

第一章　記憶喪失の少女

神獣族の里でレイナを守るために相撲をしたり、ティルテュがボッチから脱却できるように手伝ったり、大精霊の誕生に立ち会ったり……。

今まで色んなトラブルと遭遇してきたが、記憶喪失というのは初めてだ。

当然、対処の仕方などもわからず戸惑ってしまう。

「すまない。降ろさして貰ってもいいだろうか？」

「あ、はい」

お姫様抱っこの体勢から、彼女を地面に降ろす。

記憶喪失だというのにその力強い眼差しには陰りがなく、不安そうな雰囲気はなかった。

——どういう人なんだろう？

この島で出会った大陸の人たちはみんな、最初は七天大魔導としての自信に溢れていた。

しかし彼女はなんというか、自然だ。

記憶を失っていても不安はなく、かといって自らに自信があるような姿を見せるわけでもなく、ただそこにある存在。

なんとなく、この島の住民に近い雰囲気を感じた。

「状況を顧みるに、貴方が私を助けてくれたようだな」

「ああ、うん。って言っても見つけただけですけどね」

「なに、目が覚めたときに親切な人間がいてくれる。それだけで精神も安定するものだ」

「おお……」

なんというか、言葉の端々に相手を気遣えるような懐の大きさを感じた。

記憶喪失なのに大人だ、と思っていると彼女は周囲に熱風を発生させ、さっと水を乾燥させる。

「今のは魔法ですか？」

「ん？　そういえばそうだな。無意識に使っていたらしい」

たまにレイナがやるドライヤーみたいな魔法。

こういう、生活に応用する魔法は意外と繊細で発動が難しいと聞いている。

レイナは器用だからなんでも出来るが、ゼロスは苦手だと言っていた。

それを無意識で行えるあたり、この人って結構凄い人なのかも……。

「記憶喪失ってことは名前もわからないんですよね？」

「ああ……困った」

困った、と言う割にはあんまり困った雰囲気は感じられない。

少女は海を見て、周囲を見て、改めて俺を見る。

「この島にはなにか不思議な力を感じる……貴方の名は?」

「藤堂新《とうどうあらた》。アラタでいいですよ」

「そうか。私のことは……とりあえずナナシとでも呼んでくれ」

黄金の髪をなびかせながら、ナナシさんは柔らかく微笑《ほほえ》んだ。

◇

ナナシさんと出会った海岸から森へ移動し、家を目指す。

事情がわからないが、この危険な島であのまま置いていくわけにもいかず、保護することに決めたのだ。

「凄いな」

道中、彼女は地面を見てそう呟く。

家から海までの道のりは綺麗に舗装して歩きやすくしているのだが、それについて言っているのだろうか?

「わかるんですか?」

「ああ。この道にとてつもない力が込められている。とはいえ、結局なにが凄いのかはわからないのだが」

　ナナシさんはそう言いながら苦笑する。

　特別な力を込めた覚えはないのだが、森の魔物たちは俺の魔力を覚えているのか、俺が関わる物には近づこうとしない。

　興味がわいたのか、彼女は膝を地面に付けて道を触り始めた。

　だがすぐ俺が見ていることに気付いたのか、立ち上がる。

「すまない。時間を取らせてしまったな」

「いえいえ。どうせ大して急いでもないですから」

　言葉遣いといい、格好といい、軍人っぽさがあって格好好い。

　感心したように歩きながら、周囲を警戒している様子がわかる。

「多分魔物は襲ってこないですよ」

「貴方の力を恐れてか」

「どうも俺、魔物たちからは警戒されてるみたいなんで」

　まあティルテュやルナと一緒に狩りをして、この辺りの魔物たちを恐れさせているのだから、仕方ないんだけど。

　しばらくして森を抜けると、家の外で遊んでいるスノウが見えた。

　どうやら以前作ってあげた竹とんぼで遊んでいるらしい。

「ただいまー」

「あ、ぱぱー！」

飛んでいった竹とんぼなど忘れたように、スノウが勢いよく抱きついてくる。

ふわふわの髪を撫でてあげると、気持ちよさそうに笑顔を見せた。

「おかえりー！」

「うん。ママは？」

スノウが外で遊んでいるとき、レイナも椅子を用意して外で本を読むことが多いのだが、周囲には誰もいない。

おかしいな？　離れるにしても誰かはいつもいるはずなのに。

「なんかねぇ、マーリンおばちゃんたちと慌てて出てっちゃった。スノウはおうちでまっててーって」

「慌てて……？　どうしたんだろ？」

たしかにゼロスやマーリンさんたちの気配もなく、三人揃ってどこかへ行ったらしい。

しかしスノウを置いてなどレイナらしくなく、ただ事ではない気がするな。

「どこに行ったかわかる？」

「んーん」

「そっかぁ」

それじゃあ仕方がない。

心配だけど、レイナもゼロスたちもこの島にはだいぶ慣れてるし、それぞれベテランの魔法使いだから大丈夫だろう。

それに、今は記憶喪失のナナシさんを放っておけないしなぁ……。

「私のことは気にしなくても良いぞ」

「いえ、さすがにそういうわけには」

今日は珍しく家に誰も遊びに来てないから、家を魔物に壊される可能性がある。

多分ヴィーさんが寝てるから大丈夫だろうけど、離れるわけにはいかないよな。

「とりあえず家でママが帰ってくるの待とっか」

「うん……んー？」

スノウが頷きながら、不思議そうにナナシさんをジーと見る。

初めて見る人に対して、この子がよくやる仕草だ。

「はじめまして？」

「初めましてだな」

「そっかぁ！」

なにがおかしいのか、スノウは明るく笑いながら俺の手をひっぱって走り出す。

そんな様子にナナシさんは微笑みながら、ゆっくりとついてきてくれた。

「……」

家の中に入ると、ナナシさんが少し驚いた様子を見せる。

「どうしました？」

「人の手があまり入っていない島だというのに、ここはずいぶんと人工的な物が多いな」

「ああ、なんか大陸から持ってきたものも多いみたいですから」

もう慣れてしまったが、レイナが持ってきた物って未開の孤島を探索するには本来不必要な物が多い。

特に本やお酒、それにソファなど家具もそうだろう。

本人曰く、ストレス緩和は重要であるとのことと、この島で死ぬ可能性もあったから持って来られる物は全部持ってきた、という感じらしい。

——まあそのおかげで、俺もだいぶ快適な生活をさせて貰っているわけだけど。

スノウはナナシさんのことを気に入ったらしく、近くをうろうろとしている。

遊んで欲しいが、なんと言おうか迷っている感じだ。

俺はとりあえずお茶を用意してソファに座る彼女に渡し、これからどうするべきかを悩んでいた。

「なにか思い出したことはありますか？」

「いや、さっぱりだ」

さっきの魔法の件を考えると、彼女は高名な魔法使いである可能性が高い。

となると、レイナと同じ七天大魔導の人なのだろうか？

大陸にはエルフもいるって話だから、もしかしたら全く関わりのない人かもしれないけど……。

「奥になにかいるな」

「ああ……一人寝てますけど、多分夜には起きてきますよ」

「……」

ヴィーさんの力を感じ取ったのか、少しだけ警戒した様子。

「よくからかってきますが、危険性はないので安心してください」

「そうか。貴方がそう言うのであればそうなのだろう」

なんだか、彼女から妙に信頼されているような気がする。

助けたからかな？　と思っているとスノウがズボンを引っ張ってきた。

「ぱぱ……あそぼ？」

「あー……」

レイナもカティマたちもいないため、スノウが少し寂しそうに見上げてくる。

普段は誰かがスノウの相手をしてくれるからなぁ。

とはいえ、さすがにナナシさんもいるし……。

俺がチラっと見たことに気付いたらしく、ナナシさんは少し優しげに微笑む。

「なら私も一緒に遊ぼう」

「いいんですか？」

「子どもが寂しそうにしているのだ。付き合うのが大人の役目だろうさ」

見た目だけならナナシさんも子どもに見えるけど、とは言わない。

本人の貫禄もあって子どもには思えない大人の風格があった。

――そう言ってくれるならお言葉に甘えようかな。

事情がわからないままでどうすることも出来ないし、ヴィーさんが起きるかレイナたちが帰ってくるまで遊ぶかな。

「それじゃあスノウ。なにか玩具《おもちゃ》持っておいで」

「うん！」

自分の部屋にある宝箱を取ってきて、なにをしようかなぁー、と口にしながら玩具を漁る。

あとでちゃんと片付けないとレイナに怒られるんだけど、今の楽しそうな顔を見ると注意をする気も起きないな。

「ふ、貴方の子は可愛いな」

目を細めてスノウを見つめるナナシさんの表情は、とても穏やかだ。

しばらく三人で一緒に遊んでいたのだが、子どもの体力は無尽蔵というか、終わりが見えない。

俺は休憩させてもらい、二人で遊ぶ姿を見守ることになった。

「スノウの勝ちー！」

「む、負けてしまったか……」

スノウとナナシさんがやっているのは、玩具のお魚釣りゲーム。

クルクルと回る円盤の中にいる玩具の魚たちに向けて釣り糸を垂らし、釣っていくだけのシンプルな物。

俺が前世のときに覚えていた物を再現し、レイナが魔力で動くようにした玩具の一つだ。

ちなみに俺の趣味が釣りであることもあり、真似をしたがるスノウのために作ったやつだったりする。

——親馬鹿と言いたければ好きに言うがいい。

散々弄《いじ》られた後なので、もうなにを言われても怖くはないぞ。

なにせ、スノウの一番お気に入りの玩具だからな！

「つぎー！」

「ああ、今度は負けないぞ」

二人は小さな玩具を挟んで、カタカタと動く円盤に向けて釣り糸を垂らす。

微笑ましい光景なのだが、ナナシさんの表情がとても真剣で、やっていることとのギャップが少し面白い。

「わーい！」

「むぅ……」

そして再びスノウが勝ったらしく、全身を使って喜んでいる。

ナナシさんは悔しそうに、自分が釣った玩具の魚を指で突《つつ》いていた。

「しかし、ただの玩具だと思ったらずいぶんと立派な魔道具だな」

「え？　そうですかね？」

「ああ。寸分違《たが》わず同じ動きを繰り返す魔道具というのは繊細で作るのが難しい……なはずだ」

最後にちょっと自信なげなのは記憶がないからだろう。

ちなみにこの玩具、レイナの指示通り作っただけである。

俺の曖昧な知識できちんと遊べる玩具を作れるのだから、この家を作ったときも思ったけど、レイナってやっぱり万能過ぎるよなぁ。

「なんにせよ、こんな貴重な物を子どもの玩具にするなど、よほどの親馬鹿だぞ」

少しだけ呆れた様子だが、そこに悪意はない。

むしろ優しげな雰囲気すらあった。

「あのねー、それねー……ぱぱとままが作ってくれたんだよー！」

「そうか、愛されてるなスノウ」

「うん！　スノウもすきー！」

玩具を放り出し、俺に突進してきた。

相変わらず強い衝撃だが、なんだかんだこの身体は無敵に近いので受け止めることは出来る。

それだけでも、この身体を貰って良かったなって思えるな。

——だけどねスノウ。せっかく作った玩具を放り出すのは良くないよ。

「そういえば、少しは記憶が戻りました？」

スノウの髪の毛をわしゃわしゃしながら尋ねると、ナナシさんは首を横に振る。

「いや、残念ながらなにも。さっきのもなんとなく言葉が出てくる感じで、意識的に思い出すことは出来そうにないらしい」

「そうですか……」

魔道具の話が出たから少しは記憶が戻ったのかと思ったが、残念だ。

ただ言葉の端々から、彼女が高名な魔法使いなのはなんとなくわかった。

それならきっと、レイナたちに聞けばなにか記憶を取り戻す手掛かりは摑《つか》めるだろう。

「とりあえず今日は泊まってくださいね」

「ああ、すまない……」

ふと、ナナシさんが険しい表情をして外を見る。

なにかあったかな？　と思って俺も外を見ると、まあまあ強い力を感じた。

どうやら魔物が近づいてきているらしい。

「今は俺がいるから大丈夫。多分そのままどっか行きますよ」

「そうか……かなりの力を感じたが、貴方がそう言うのであれば大丈夫なのだろう」

その言葉に少し驚いた。

この島の魔物は、七天大魔導のゼロスたちでも死を覚悟するレベルがほとんどだ。

最近は彼らも強くなって一部の魔物には勝てるらしいけど、うさぎクラスになると、まだ相打ち覚悟でないと苦しいらしい。

この島の魔物の力を感じても動じないのは、彼女の実力が相当高いからなのではないだろうか？

「強さは……エンペラーボアよりちょっと弱いくらい、かな？」

近づいていた魔物の力をしっかり感じてみる。

エンペラーボアは特別強い魔物ではないが、それでも中堅程度の強さはある。

少なくとも、この島に来たばかりのレイナたちでは勝てない魔物だったはずだ。

「でも魔法で解体してお肉に出来たから、頑張れば勝てる？」

俺がそう言った瞬間、スノウの瞳が輝く。

「おにく!?」

「え？　あー、うーん……食べられる魔物かまではわからないよ？　それに、向かって来ないなら狩らないし」

「そっかぁ」

空から気配を感じるので鳥系の魔物だろう。

多分食べられるし、残念そうな顔をするスノウが可哀想だから狩ってしまおうかな……。

「む、去っていくな」

「あー……」

どうやら俺の気配に気付いたようで、慌てて方向転換をして逃げていく。

遠ざかっていく魔物の気配に、スノウも残念そうな表情で空を見上げた。

「おにく……」

「ママが帰ってきたら、美味しいご飯が食べられるからね」

「はーい」

スノウの頭を撫でつつ、慌てて出て行ったレイナたちが大丈夫か心配になった。

ゼロスとマーリンさんも一緒に出たってことは、魔法に関することだろうけど……。

「あれ？」

「ん、どうした？」

「いや……」

家の中で寝ていたはずのヴィーさんの気配が消えた。

「スノウ、ヴィーさんはなにか言ってた？」

「んーん。朝から寝てばっかりでなにも言ってないよー」

「そっか」

ということは、本当に誰にも言わず出かけたのか。

別に構わないんだけど、リビングにいた俺たちに声をかけなかった理由が少しだけ気になった。

「なるほど……奥にいた強い力の人がいなくなっているな」

「うん。どっか出かけたみたいです」

「そうか……」

ほんの少しだけ、ナナシさんが複雑そうな表情をする。

「なんとなく、どこか懐かしい気配だと思ったのだが……」

「懐かしい？」

「記憶がないのに、なにを言っているのだろうな」

初めて見たとき、どこか彼女の雰囲気がヴィーさんに似ているような気がした。

もしかしたら彼女も不死の存在で、以前からヴィーさんと知り合いなのかもしれない。

「帰ってきたら紹介しましょうか？」

「……ああ」

一拍置いて頷く彼女の心境は、いったいどんなものなのだろうか？

「それにしても……」

レイナたちの慌ただしい様子。

突然いなくなったヴィーさんに、島の外からきたナナシさん。

「また、なんだか騒がしくなりそうだなぁ」

まあよく考えたらそれもいつものことか、と思う。

この島に来てから今まで、楽しく騒がしい日常が続いていて、落ち着いたことなんてほとんどなかったのだから。

第二章　正体判明

夜になっても、レイナたちは誰一人戻ってこなかった。

彼女がスノウを置いてこんなに長い時間空けるなんて、なにかあったとしか思えない。

「ぱぱ……ままは？」

お昼はみんなで遊んで気が紛れたから平気だったスノウも、こうして夜になって寂しくなったのだろう。

不安そうに声を上げ、普段なら寝ている時間なのにまだ起き続けていた。

「まだ戻って来てないね」

「うぅ……ままぁ」

泣き出しそうなスノウを抱っこしてあげ、そのまま安心させるように背中をぽんぽんする。

ふと、俺は自分が子どもの頃、スーパーで迷子になったときのことを思い出した。

あの母親が自分を置いて行くんじゃないか、という恐怖の感情は今でも強烈に覚えていて、そりゃ怖いよなと思う。

「大丈夫。ママは強いし、ゼロスたちだって凄い魔法使いなんだから」

「……うん」

「もう遅いし、スノウも寝て良いよ。俺が起きて待ってるからさ」

「ままと一緒に寝たいよぉ」

少しぐずるような言葉。

いつも傍《そば》にレイナがいたため、ここまで会えない時間が長いのは初めての経験だ。

「戻ってきたら起こしてあげるから、そのとき一緒に寝よっか」

「ほんとうに、おこしてくれる……？」

もう半分くらい瞼《まぶた》が落ちて、今にも寝てしまいそうな声。

眠気に必死に抵抗する姿はちょっと可哀想であり、同時に愛らしい。

「約束。ママが帰ってきたら起こしてあげるから、今は寝てて良いよ」

「……うん」

小さな声。

しばらくすると寝息が聞こえてくる。

俺はそのままソファに座り、くっついて離れる気のないスノウが寝やすい姿勢を作ってあげる。

「……でもレイナ。本当にどうしたんだろう」

「大丈夫なのか？」

俺の独り言が聞こえたのだろう。

風呂場から戻ってきたナナシさんが、気になっている様子で聞いてきた。

「多分。レイナは大陸でも凄い魔法使いですし、この島に来てからも強くなったので」

「そうか。しかしこの島の魔物たちの強さは……なんというか」

ナナシさんが言葉を濁しているのは記憶が混乱しているからだろう。

なんとなくわかる知識と、実際に覚えていることが乖離《かいり》しすぎて言葉にしづらいらしい。

今も多分、この島の魔物たちの強さは大陸とは比べものにならない、ということはわかっても、
そもそも魔物がどんな強さを持っていたかがわからず言葉が出てこない様子。

「……」

「心配なら捜しに行ったら良いと思うぞ」

「でもそしたらスノウが……」

この抱きつき方は、もう俺から離れない、という強い意志を感じる。

それくらいべったりとくっついて寝ているのだ。

「なに、貴方が捜している間くらいは私が見ているさ」

ナナシさんは近づくと、スノウの背中を優しく撫でる。

そしてそっと脇に手を入れると、俺に抱きつく力が少し弱まった。

「寝ている子どもは、人の体温に敏感だ」

「なんだか手慣れてますね」

「……もしかしたら、子どもの世話をしていたことがあったのかもしれないな」

力が抜けたスノウは、そのままナナシさんに引き離されてそちらに抱きつく。

女性特有の温かさに、もしかしたらレイナと勘違いをしているのかもしれない。

「うん、この様子ならしばらくは起きないから大丈夫」

「……お願いしても良いですか？」

「私は貴方に助けて貰ったんだ。なら私も、助けになるのは当然だろう？」

そう微笑んでくれるナナシさんに感謝して、俺は立ち上がる。

「すみませんけど、スノウをよろしくお願いします！」

そうして返事も聞かず、外に出る。

当たり前だがこの島には人工的な光などもなく、月と星の輝きだけでほぼ真っ暗闇だ。

魔法で光を灯し、まずは空の上から近場の森をぐるっと回る。

気配がないので、そのまま神獣族の里へ。

さすがにこの時間の来訪は迷惑がかかると思い、少し離れたところから気配を辿る。

起きている人はいないらしく、神獣族の里には動いている人の気配がなかった。

レイナたちが俺抜きで向かうとしたらここだと思ったけど……。

「……いない、か」

たとえ離れていてもレイナたちの気配ならわかるのだが、里の中からは感じられなかった。

一番近くのここにいないなら、と少し北を見る。

もしかしたら、鬼神族の里にいるかもしれないと思ったのだ。

「行ってみよう」

前回は歩いて行ったため時間がかかったが、こうして空から飛んでいけばすぐ辿り着く。

遠目にもわかる大きな穴に湯が流れ、空から見る光景は中々壮観だ。

今度落ち着いたときに、スノウたちを連れてまた来よう、と思いつつ……。

「あ……」

レイナの気配を感じた。

近くにはサクヤさんと、他に数人。皆、眠っている。

マーリンさんと、ゼロス、それに知らない人がいるけど、とりあえずみんな無事そうだ。

「……良かった」

ホッとして、力が抜ける。

この知らない人が、レイナたちが慌てた要因だろうか？

とはいえ、同じ屋敷内で眠っていることを考えたら、多分、問題は解決したのだろう。

一瞬行こうかと思ったが、夜も遅い時間帯。

いきなり行っては迷惑だし、無事だってわかったのだから今日はもういいか。

「明日、スノウを連れてまた来よう」

スノウが起きたらママは？　とまた聞いてくると思うけど……。

「場所さえわかっていればあの子も納得してくれるよね」

とりあえず自分の家に戻る。

家に帰ると、奥の部屋でスノウとナナシさんが一緒に寝ていた。

どうやら最後までスノウは起きなかったらしい。

「ただいま」

それだけ言ってそっと部屋の扉を閉める。

明日はなんとか、スノウより早く起きないとなぁ……。

などと思っていたのだが――。

「ぱぱ！　ままは!?」

早朝、太陽が出てきたくらいの時間帯。

寝ている俺のお腹にダイブしてきたスノウが、少し怒ったような顔をしてそう言ってくる。

「すのう……おはよぅ」

「まま！　やくそく！」

約束というのはレイナが帰ってきたら起こすというやつだろう。

帰ってきてないから仕方がない、というのは子どもには通用しない言い訳だ。

とりあえず、ごめんごめんと言いながらスノウを俺のお腹に抱き寄せる。

腕の中でもごもご動いているが、俺の方が強いので逃げ場がない様子。

「んんんー……んー……」

しばらくして観念した様子で動きを止めたところで、少しだけ力を緩めてあげた。

「ママ、少しお泊まりしてただけみたいだから、一緒に迎えに行こっか」

「ままのところ？」

「うん。この間会ったサクヤさんのところにいるみたい」

「いく！」

ぴょん、と俺のお腹の上からどいたスノウは、そのまま部屋から出て行った。

どうやらお出かけの準備をしに行ったらしい。

「ふぁ……」

昨日は結構遅くまで起きていたのに、早朝に起きたため大きな欠伸《あくび》が出てしまう。

なんでこの身体は睡眠が必要じゃないのに、欠伸は出るんだろうか？

「眠そうだな」

「あ、ナナシさん」

「無事に見つかってなによりだ」

「はい。昨日はスノウのこと、見てくれてありがとうございます」

「ふっ、一緒に横になって寝ていただけだよ」

苦笑しながら、部屋に入ってくる。

「私はどうしたら良いだろうか？」

「そうですね……」

俺の家は頑丈に作っているとはいえ、一人で置いていくには危険が多い。

それならいっそのこと、一緒に行った方が安全だと思った。

「今から鬼神族……えっと、この島の住民が住む里に行くんですけど、一緒でもいいですか？」

「ああ。道中、貴方には助けて貰わないといけないがな」

ほんの少し、茶目っ気を出したような様子で、ナナシさんはそう言う。

出会った当初は少し冷たい印象もあったのだが、だんだんと柔らかくなってきた気がした。

それだけ心を許してくれている、ということだろう。

「ぱぱ！　準備出来たよ！」

レイナに作って貰ったお気に入りのリュックを背負い、腕にはヴィーさんが城から持って来たうさぎの人形を持って、出かける準備万端のスノウ。

「早いなぁ」

「それだけママに会いたいのだろうさ」

一生懸命で可愛らしいスノウの様子に、ナナシさんは笑っている。

でもまずは朝食が先だ。

「ほら、ご飯食べてからね」

「うぅー……」

スノウの両脇に手を入れて、リビングに連れて行く。

レイナのご飯とは比べものにならない、簡単なサラダとパンだけ用意。

それを食べた後、俺たちは鬼神族の里へと向かうために家を出発した。

◇

「ままー、ままー、ままに会えるー」

家を出てから鬼神族の里までの道中。

先頭を歩くスノウは途中で拾った木の棒を持ちながら歌い、ずいぶんとご機嫌だ。

レイナに会えるのがよほど嬉しいらしい。

「一日しか経ってないんだけどなぁ」

「子どもの時間は大人とは違うさ。私たちにとって一瞬に過ぎていくその時も、幼い子どもにとってはとても永く感じるものだ」

たしかに、大人になってから時間の流れというのはあまりにも早い。

特に社会人になってからは一年があっという間に過ぎていったものだ。

スノウにとってママのいない一日は、とても長い時間だったのかも……。

「改めて考えると怖いですね」

「それが成長するということだろう」

「……なるほど」

彼女の経験か、当たり前のことなのにとても説得力のある言葉だと思った。

しばらくして、以前と同じ山道に入る。

ここを超えれば鬼神族の里だ。

「スノウ、抱っこしてあげるからこっちおいで」

「うん！」

木の棒を持ったまま近づいてきたスノウを抱き上げ、ナナシさんとともに坂を登っていく。

「しかしレイナたち、なにがあったんだろう」

マーリンさんとゼロスも一緒ということは、また七天大魔導の人がやってきてたりして……。

もしそうなら——。

隣を歩くナナシさんを見る。

彼女もまた、関係者なのかもしれない。

そんなことを考えて歩いていると、見覚えのある里の入り口が見えてきた。

「ほぉ。これは中々」

「凄い景色ですよね」

以前来たときも思ったが、巨大な穴に流れる源泉というのは迫力が凄い。

大自然と人工的な作りが交ざり合ったこの雰囲気には、なんとも言えない力を感じるのだ。

「レイナたちがいるとしたら多分……」

「サクヤお姉ちゃんのとこ！」

「そうだね」

今日はいきなり来ちゃったけど、この島の人たちは約束とかなしで遊びに来るから大丈夫だろう。

まあそもそも、この島にはスマホもないし連絡の取りようがないんだけど……。

「変わった香りに、不思議な景色だな」

ナナシさんも感心した様子で辺りを見回しながらついてくる。

いろいろな種族の人たちが浴衣で歩いている姿を、興味深く驚いた様子で見ていた。

彼女も以前の俺と同じ思いをしているのだろう、と思っていたら——。

「ここにいる者たちの強さ……」

少しだけ緊張した様子。

この島に住んでいる人の強さは、全員とは言わないが魔物に比べても強い。

そのことを伝え忘れていたな……。

「あっ、ゼロス！」

「ん？　おう、アラ……は？」

サクヤさんの家に向かっている途中、ゼロスの背中を見つけたので声をかける。

彼はこちらを向き、驚いた表情で固まった。

視線の先には、俺の隣に立つナナシさん。

「……」

やっぱり知り合いだったんだ。

これなら彼女のこともわかるなと思い近づくと、彼は引き攣《つ》った表情に変わる。

「いや、あの爺《じじい》だって来たんだ。だったらいてもおかしくはねぇよなぁ……」

「ゼロス？」

「おいアラタ……なんでこいつが一緒にいるんだよ」

戸惑った様子のゼロスがなんと答えようか悩んでいる間に、ナナシさんが前に出た。

「どうやらお前は私を知っているようだな」

「あ？　テメェなに言ってやがる」

「ゼロス、それはね――」

「私は記憶喪失らしく、この島に来る前のことはなにも覚えていないのだよ」

そう言った瞬間、ゼロスの表情がなんとも言えないものに変化した。

◇

とりあえず落ち着いた場所に行こう、とサクヤさんの家に向かって歩き出す。

その間にナナシさんのことをもう少し聞こうと思ったのだが、ゼロスは頭を押さえたまま答えてくれない。

「悪い。ちょっとだけ整理させてくれ」

やはり知り合いなのは間違いないのだが、名前すら教えてくれないのはどういうことだろう。

ナナシさんだって、本名くらいは知りたいだろうけど……。

「気にするな」

「え？」

「あの男が私の正体について言葉を濁しているのは、なにか理由があるのだろうさ」

当の本人が気にしていないなら、俺からなにかを言う必要はない、か。

――ただ、ゼロスの態度はとても不自然なんだよなぁ。

まるで彼女の正体に触れて、記憶が戻るのを恐れているような……。

「ナナシお姉ちゃん」

「ん？　なんだ？」

「色々思い出しても、スノウと遊んでくれる？」

「ああ、もちろんだ」

たった一日だが、スノウはだいぶ心を許している。

ナナシさんもこの子を可愛がってくれている様子なので、きっと記憶が戻っても大丈夫だろう。

「まさかこいつのこんな姿を見る日が来るとはなぁ……」

ナナシさんを見たゼロスがぽつりと呟く。

いったい彼女がなんだというのだろうか？

「そんなに隠さないといけないことなの？」

「あー、いやその……俺一人で責任取りたくねぇって感じだな」

「……」

「レイナたちもいるからよ。つーかそいつも関わってることだから、全員揃ってるところで一回相談させてくれ……」

「わかったよ」

俺としては、ここまで知ったナナシさんのことを信じたい。

たった一日だけだが、彼女が悪い人だとはとても思えないのだ。

スノウと手を繋いで歩く彼女は、優しく微笑んでいるのだから。

◇

サクヤさんの家に到着すると、レイナとマーリンさんだけでなく、見慣れないお爺さんがいた。

三人は三人とも驚いた表情。

その視線の先にいるのは、当然のごとくナナシさんだ。

「な、なんでアラタと一緒に……？」

「ままー！」

「きゃっ――!?」

レイナがなにかを言いかけたが、それより早くスノウが突撃してその胸に飛び込んだ。

よっぽど恋しかったのだろう。

もう離さないと言わんばかりに、小さな腕でがっちりくっついた。

「ままー。いきなりいなくなってさみしかったー」

「あ、あのねスノウ」

「さみしかった！」

ちょっと怒ったような態度を取りながらも、甘えるのは止めない。

レイナもそんなスノウにタジタジになり、優しく抱きしめる。

「……置いて行ってごめんなさい」

「むぅ……ゆるすけどしばらくこのまま！」

微笑ましい光景なのだが、その横ではマーリンさんが顔を引き攣らせてナナシさんを見ていた。

お爺さんは驚いた様子だが、ゼロスたちの態度とは違う様子。

それぞれでナナシさんに想う感覚は違うらしい。

「どうやらここの人間たちは全員、私のことを知っているようだな」

「「え……？」」

「むぅ……？　それはどういうことですかな？」

ナナシさんの言葉に、事情を知らない三人が驚いた声を上げる。

対して彼女は飄々《ひょうひょう》とした様子。

「私は記憶がない状態なのだ」

再度そう言うと、この場にいた俺とスノウ以外の面々がなんとも言えない表情をし、あまり大きくない部屋の中で気まずい空気が流れ始める。

「一回状況を整理しよっか」

スノウを除けば、この中で唯一関連のない俺は場を仕切ると、それぞれ頷いた。

俺の隣にはレイナと、コアラのように彼女の胸に顔を埋めながら抱きついた状態のスノウ。

顔が見えないが、ピクリとも動かないから寝ているのかもしれない。

正面にはゼロスとマーリンさん。

そして俺たちから見て上座の位置にナナシさんとお爺さんが座っている。

「えーと、そしたら先にレイナたちの事情を教えてもらってもいいかな？」

「え、ええ。そうね」

チラチラと、ナナシさんを見ながらレイナは口を開く。

事の発端は、鬼神族の里からギュエスが家にやってきたことかららしい。

「鬼神族の里に人間が来たって話を持ってきて、その名前が私たちの知ってる名前だったの」

そうしてレイナ、ゼロス、マーリンさんがそれぞれ事情を説明してくれる。

座っている老人の名前はゼフィール・アントマン。

七天大魔導の第二位にして、雷皇《らいこう》と呼ばれるほどの実力者であり、そしてゼロスたちの上司だったらしい。

彼は気付いたときにはこの鬼神族の里の近くで倒れていたそうだ。

航海して来たはずなのに、気付いた場所は山の上。

夢でなければなにか特殊な力が働いたとしか思えない現象で、彼はまず下手に動かず情報収集から始めたらしい。

しかしこの島の魔物は彼の想像を超えており、大陸とは比べものにならないほど強力。

襲われて戦っていたところを、鬼神族の戦士に助けて貰ったという。

「色々と話を聞いた中で、ここが目的であった最果ての孤島だということを確信したのだが……」

「身動きが取れなかった？」

「う、うむ」

今一瞬、妙に歯切れの悪い返事をしたような気がしたけど……気のせいかな？

レイナやゼロスもだが、七天大魔導という最強の魔法使いたちですら、この島の魔物を相手にしたら分が悪い。

最近はティルテュとの鍛錬のおかげもあってだいぶ戦えるようになってきたけど、強い魔物が相手の場合は逃げるはず。

いくらゼロスたちの上司とはいえ、初めてこの島に来たこの人が、身動きを取れなくなるのも仕方ない話だった。

「それが一週間前の出来事だったらしいわ」

「え？」

「なに？」

俺とナナシさんの声が重なる。

それが気になったのか、レイナが不思議そうな顔をした。

「どうしたの？」

「いや、俺がナナシさんを見つけたのが昨日なんだけど、そのときに漂流してきたんだと思うんだよね」

「まあ、状況としてはそうだろうな」

「あん？　そりゃたしかに変じゃねぇか……」

一旦状況を整理してみよう。

まず一週間前、ゼフィールさんが唐突に鬼神族の里の近くに現れた。

そして一人で行動するのも危険だと、今日まで鬼神族とともに生活をしていたという。

「で、昨日みんながここに集まったんだよね」

「ええ」

レイナたちが鬼神族の里に行ったのが昨日。

ほぼ同時刻、俺はナナシさんを海岸で見つけたとなると……。

「やっぱりだいぶズレてるね。一週間も海に彷徨《さまよ》ってたら死んじゃうと思うし……」

「気絶していた身としてこう言うのもなんだが、漂流していたのはそう長い期間ではないと思う」

「そうよね……」

ただまあ、もっと不思議なことはたくさんあるし、そもそも生態系とかバグってるし。

この島はなんだかんだで時間とかもおかしいときがあるから、今更深く考えても仕方がないのかもしれない。

「まあこっちはそんな感じで、この爺がいるって聞いて慌てて来たわけだ」

「なるほど……」

そうして、ゼロスたちの視線がナナシさんに向く。

「一応聞きたいんだけど、彼女もその……」

「ええ、七天大魔導『第一位』にして、終焉の怪物。始まりにして最強の魔法使い。そして――」

――私の師匠よ。

とても嫌そうな顔で、レイナはそう言った。

第三章　鬼神族の騒動

ナナシさんの本名はエディンバラ・エミール・エーデルハイド。

七天大魔導のトップであり、悠久の時を生きた大陸最強の魔法使いらしい。

エディンバラさんの記憶を取り戻す手掛かりを探すため、三人から色々と話を聞いた感じを纏《まと》めると――。

「あらゆる存在から恐れられていた……？」

「ええ」

その言葉をどう判断するべきか悩んでしまう。

もちろんレイナたちが嘘を言っているとは思わない。

だがどうしても、この島で出会ってから見た彼女の印象とは違いすぎた。

「それに、エディンバラさんがレイナの話に出てきた師匠だったんだね」

「ええ。まさかここまで来るとは思わなかったわ……」

色々な情報が飛び出してきて、全員が疲れた状態。

特にレイナはエディンバラさんのことがトラウマにもなっていて、相当ストレスを感じている様子だ。

若干顔色も悪く、不安そうにしている。

——一度、休んだ方が良いかな？

そう思っていると、襖《ふすま》がそっと開き、それまで干渉しないようにしてくれていたサクヤさんが部屋に入ってきた。

「皆さん、お疲れ様です。あまり根を詰めても良くありませんし、その辺りにしてはいかがでしょうか？」

「あ、サクヤさん」

「部屋は余っていますし、温泉もあります。まずはごゆるりと身体を休めてください」

周囲を見ると、皆その言葉にホッと一息吐《つ》いていた。

それぞれの事情を把握したいにしても、さすがに休みたいとも思っていたのだろう。

「そしたらサクヤさんのお言葉に甘えさせてもらおうかな」

「はい。それではこちらに」

彼女はすぐさま、それぞれが別々の場所に泊まれるよう手配してくれた。

ゼロスとマーリンさんは個別で、エディンバラさんはゼフィールさんが責任を持って共にいるということで同じ部屋に。

そして俺はレイナとスノウと一緒の部屋を用意してもらい、ようやく家族だけで落ち着く時間を過ごすことが出来そうだ。

「ぱぱー、ままー、いっしょー」

温泉に入り、浴衣に着替えてから部屋に入ると、スノウがご機嫌で歌っていた。

そんな娘に苦笑しつつ、畳に広がる布団に川の字で並ぶ。

「い……しょー……」

するとスノウは疲れていたからか、すぐに布団で眠ってしまう。

「寝ちゃったわね」

「ずっとレイナがいなくて不安だったみたいだから、安心しちゃったのかな」

すやすやと気持ちよさそうに寝ている姿は本当に天使のようだ。

俺たちは顔を見合わせて、つい笑ってしまう。

「少し話しましょうか」

窓側には椅子が二つあり、そこから外を見渡せる。

俺たちはスノウを起こさないようにそちらへ移動して、窓の外から里の光を見下ろしていた。

「まさかアラタがあの人を連れてくるとは思わなかったわ」

「俺もびっくりしたよ。だけど、話に聞いてたよりずっと穏やかな人だったかな」

先入観があったから、余計に気付かなかったのかも。

記憶を失ってからのエディンバラさんしか知らないが、彼女がレイナの言う人物と同じにはとても思えないほど優しい人だった。

そんな俺の雰囲気に気付いたのか、レイナは少し拗《す》ねたような顔をする。

「……本当にとんでもない師匠だったのよ」

「あはは……」

レイナの修行時代の話。

まだ子どもなのに危険な魔物の溢れる荒野に置き去りにされたとか、半死にするまで魔力を使わせられたとか……。

とにかく無茶苦茶な修行を繰り返していたと言っていたっけ。

「本当に、本当に滅茶苦茶だったんだから！」

「んー……まうるさい」

「あ、ごめんなさい」

身体を起こし、目をこすりながらちょっと怒ったスノウに謝る。

そして再び寝てしまった彼女を見て、俺はちょっと笑ってしまう。

なんとなくさっきのレイナの言葉、スノウに似てたなぁって思ってしまったのだ。

「まあ、師匠が来たのも驚いたけど……記憶喪失になったことにはもっと驚いたわ」

「そうだね」

「スノウも懐いてるみたいだし、このまま記憶も戻らなければ良いのよ……」

「あ、ははは……」

実際、今回はエディンバラさんのおかげでだいぶ助かった。

彼女がいなかったらレイナたちの散策も出来なかったし、そしたらスノウの機嫌も悪かったままかもしれない。

だから結構信頼しているのだが、それでもたった一日一緒に過ごしただけの俺と、何年も共にあったレイナでは重みも違うか。

「その割には、ちょっと嬉しそうに見えるけど」

「そんなわけない！」

「まま－」

「あぁ！　その、ごめんねスノウ」

「ん……」

また眠そうなスノウに怒られる。

「それで、これからどうしようか」

「……とりあえず、あの人のことはゼフィールに任せましょう。師匠とは百年以上一緒にいる、あの人の右腕だから」

「百年、か」

まだ三十年くらいしか生きてない俺からしたら、百年も一緒にいるっていうのは想像も出来ないな。

ずっと傍にいて、それでも離れないなにかが二人の間にあるというのなら……。

「やっぱり悪い人じゃないんじゃないかな？」

「なんでそういう結論に至ったのかわからないけど、あの人が記憶を取り戻したらきっとまた大変なことになるわ」

「あはは、まあそれは今更だからさ」

そう、この島の住民たちの自由さを考えたら、今更だ。

ただ問題はエディンバラさんだけではない。

ゼフィールさんの話ではこの島に向かうメンバーの中には、他の七天大魔導の面々や、前に島外で会った勇者パーティーの子たちも一緒にいたらしい。

彼女たちも歴戦の戦士たちだから大丈夫だろう、とのことだけど……。

「ちゃんとみんな、見つかると良いね」

「聖女の子たちは無事だったらいいと思うけど、カーラとセティは……どっちでもいいわ」

「あはは……」

好きじゃないのは伝わってきたが、それでも死んで欲しいと思っているほどではないらしい。

とりあえず、明日から色々とこの島を回ってみよう。

ゼフィールさんみたいに海岸以外のどこかに飛ばされている可能性もあるし、誰かに保護されている可能性もあるだろうから。

「明日から、また忙しくなるな」

「別にアラタがしないといけないことじゃないと思うけど」

「だとしても、だよ」

島中を巻き込んだ大宴会を開くなら、みんなが笑い合える状況にしたい。

だから誰かが泣く結果とか、そんなのは絶対に嫌なんだ。

「俺の夢のために頑張るだけだからさ」

「……アラタらしいわね」

レイナは一瞬だけ困った顔をして、そのあと優しく微笑んでくれた。

肩に頭をコツンと乗せてくるので、俺はそれをただ受け入れる。

そうして、鬼神族の里の夜は更けていった。

◇

深夜。

目が覚めてしまったので、なんとなく窓の外を見る。

大きな月が浮かび、地球とは違って人工的な明かりがほとんどないため、空の星々が大きく広がっていた。

「ん？」

下を見ると、岩の上に座って空を見上げるエディンバラさんの姿がある。

眠気はないので階段を下りていくと、彼女は柔らかい笑みを浮かべてくれた。

「アラタか」

「こんばんは。こんなところでどうしたんですか？」

「なに、少し空の闇を見ていた」

「闇？」

「ああ」

エディンバラさんにつられて見上げると、空を埋め尽くすほどの星々。

日本であれば暗い空も、この島は光の方が多いくらいだ。

「これだけ星があると、闇すら消されてしまいそうだと思ってな」

「不思議な見方をするんですね」

「どうやら記憶を失う以前の私は、中々面倒な女だったらしい」

少しおかしそうにそう言いながら、再び彼女は空の闇を見つめる。

まるでこの夜こそが故郷なのだと言わんばかりに、懐かしげに。

「記憶がないというのは、存外悪いことではないみたいだ」

「そうなんですか？」

「ああ。私の知り合いたちを見ただろう？　明らかに私に対して怯えや気まずさといった感情が表に出ていた」

「……」

たしかに、直接の弟子であるレイナの話を聞く限り、記憶を失う前のエディンバラさんはかなり滅茶苦茶な性格をしていたらしい。

それはゼロスやマーリンさんの顔からも察することが出来る。

今の彼女しか知らない俺からすると信じられないけど……。

「アラタ、私はもう記憶を戻す必要はないのかもしれない」

「え？」

「なんのためにこの島を目指したのかわからないが……」

エディンバラさんは岩から下りて、少し自信ありげに笑った。

「私は今の私で満足しているからな」

そう言って彼女は別れを告げ、そのまま歩き出す。

記憶喪失になったことのない俺では彼女の真意は測りかねたが、その言葉に嘘はないような気がした。

「とりあえず……温泉に入ってから寝直そうかな」

この島には時計がないので時間は太陽の光と体感だけが頼りだが、おそらく日本時間で考えたら深夜十二時くらいだろう。

太陽が沈んだら寝て、明けたら起きることが当たり前の島の生活。

この時間に起きている人はほとんどいない。

せっかくだから貸し切りで、と誰でも使える温泉の脱衣所に入り、そのまま乳白色の温泉に入る。

「あぁー……」

自然と声が出た。

天然温泉というのはどうしてこうも心を安らかにしてくれるのだろうか？

足を全力で伸ばし、力を抜いて心地よい空間にただ浸る。

そうしてしばらく岩に背を乗せて脱力していると、不意にガラガラと扉が開く音がした。

「え？」

以前、俺はこの温泉でレイナたちの裸を見てしまったことがある。

あのときはヴィーさんの悪戯が原因だったが、それが脳裏に浮かび、まさかまたレイナが――。

「ぬ、先客がいたか」

「あ……ゼフィールさんでしたか」

「うむ。アラタ殿、だったな」

伸ばされた白髪に、年齢を想像させない鍛え上げられた筋肉。

まさに男の理想と言ってもいいのではないかと思うほど、素晴らしい肉体をしていた。

彼はまず湯桶で身体を流すと、そのまま丁寧にタオルで身体を拭き始める。

前だけでなく、背中にも多くの傷があり、彼が歴戦の勇士だということがよくわかる肉体だ。

そうして身体を拭き終えると、そのまま温泉に入ってきた。

「ふぅぅぅぅぅぅぅぅ……はぁぁぁぁぁぁ……」

とても長い息を吐きながらリラックスした声。

その姿を俺が見ていたことに気付いたからか、ゼフィールさんが少し恥ずかしげな顔をする。

「いや、失礼。どうにも最近疲れが溜まっていたようで、こうしてゆっくり温泉に浸かるとつい」

「いやいや、気にしなくて大丈夫ですよ。この温泉、凄く気持ちいいですもんね」

「ああ、最高です。思わず声が出てしまうくらい」

今日出会ったばかりだし、ゼフィールさんとこうして話をするのは初めてだ。

だが温泉でリラックスした状態ということもあり、何気ない話をするのはそう気まずいものではなかった。

なにより、彼にはどこか自分に近い親しみがある。

――なんでそう思ったんだろう？

七天大魔導の『第二位』にして、雷皇とまで恐れられる人物。

レイナやゼロスの話だと、エディンバラさんはあまり干渉してこないため、実質的には彼が七天大魔導のリーダーと言える存在らしい。

そんな人と自分が似ているなんて、そんなはずは――。

「仕事をしていたときは風呂の時間も中々取れなくて、こんなにゆっくりしたのは久しぶりでしてなぁ……」

「あはは。気持ちはわかります。俺も昔はそうでした」

日本でブラック企業に勤めていたとき、そんな感じだった。

家の風呂を沸かすことすら面倒で、シャワーだけで終える生活。

たまに気紛れで入ってみても、思ったより気持ちよさもなく、つい早く出てしまったものだ。

温泉で気が抜けていたせいか、日本のときにしていたことを適当に話すと、意外なことに彼も乗ってくる。

「ほう。それではほとんど睡眠なんて取れなかったのでは？」

「いちおう、七日に一回休みの日があったので、その日だけは一気に眠ってました」

「なるほど……」

「まあでも結局トラブルがあったら行かないといけないので、眠りが浅くなっちゃうんですけどねえ……」

「ああ、わかりますとも。深夜だろうとなんだろうと、やつらもトラブルを平気で起こすので」

いつの間にか隣にやってきたゼフィールさんと、雑談に興じてしまう。

雑談というよりは苦労話の方が近い印象だが、聞いていて共感出来る部分が多すぎた。

どうやら彼は俺が思っていた以上に苦労人だったらしい。

「マーリンが王女の男を寝取ったなどのクレーム、ワシ知らんて」

「あー、マーリンさんそんなことを……」

「ゼロスが魔獣の群れを倒したときに、街が一つ全焼したから責任をて、なんでワシに連絡が……？　そもそも人の命の方が重要だろうに……」

「ゼロスも……」

出てくる出てくる。

七天大魔導の面々がこれまで大陸で起こしてきた様々なトラブル。

この島ではかなり大人しいが、彼らの過去を聞いた感じだと上司にはなりたくないかも。

絶対胃が痛くなるし……。

「七天大魔導の順位はトラブル順？　いやワシは尻拭いしてるだけだし」

「……苦労してきたんですね」

「アラタ殿、わかってくれるか？」

「ええ。さっきも話した通り、俺もかつて酷い目に合ったので」

最初に見たとき、格好好く渋い老人だと思った。

だが今思えば、たしかに彼の背中にはなにか哀愁のような黒い影が乗っているような気がする。

それは、ブラック企業に属した漢《おとこ》たちの背中と同じ気配だった。

「もしかして、この島に来て一週間くらいの間動かなかったのって……」

「っ――!?」

「いや、言わなくても良いです。だって人には皆、休む権利があるんですから」

いいじゃないか。

この人はこれまで多くのトラブルを一人で対応してきたのだ。

ほんの少しくらい、休んだっていいだろう。

「アラタ殿……」

「俺もこの島に来てから、色々と見え方が変わったんです」

ゼフィールさんは感動したようにこちらを見てくる。

わかる。理解者がいるというのはとても嬉しいことなのだ。

「疲れたときは休みましょう。楽しいことがあれば笑いましょう。人間、それだけ出来ればきっと幸せです」

「……いいのでしょうか？」

「いいんですよ。だってこの島は、自由なんですから」

男二人、星空の下で湯に浸かる。

たったそれだけのことだが、それでも何故か俺はやり遂げたような気持ちになった。

◇

翌日。


俺とレイナがサクヤさんにお礼を言うために家を出る。

スノウは寝ていて起きる気配がないので二人で歩いていると、ゼフィールさんとエディンバラさんに会った。


「む、アラ――」

「おお、これはアラタ殿！」

「は？」


ゼフィールさんが昨日まであった険しい顔から一転して、親しみのある笑顔でこちらに近寄ってくる。

そのせいで声をかけようとしたエディンバラさんと隣に立つレイナが、呆気にとられたような顔をしていた。


「アラタ殿も散歩ですかな？」

「ええ。サクヤさんへのお礼をかねて少しのんびりしようかなって」

「おお、それはいいですなぁ！　実は我々も同じくサクヤ殿のところに向かおうと思っていたので、良ければ一緒にいかがですか？」

「いいですね」

昨日の夜、色々と話をして共感したからだろう。

もう俺たちの間には壁らしい壁もなく、長年の友人のような雰囲気だ。

「なにがどうなってるの？」

ちなみに俺たちが笑顔で話をしている隣ではレイナが困惑していたが、彼女もこの人の苦労話を聞いたら絶対に共感する。

だってレイナも同じように苦労をしてきたんだから。

——せっかく鬼神族の里にやってきたのだから、このままた数日お世話になろうかな。

俺が家を完全に空けると魔物がやってくるため少し心配だが、定期的にティルテュとかがやってくるからしばらくは大丈夫だろう。

そんなことを考えながら、ゼフィールさん、エディンバラさん、レイナと俺を含めて四人でサクヤさんの家に行くと、なにやら言い争うような男女の声が聞こえてきた。

男は怒っているらしく、その声から外まで力が零れているような感じだ。

「これ、ギュエスよね？　どうしたのかしら？」

「入ってみる？　……あ」

振り向くと、レイナ以外の二人が険しい顔をしている。

エディンバラさんはそうでもないが、ゼフィールさんは顔色がだいぶ悪くなっていた。

「ゼフィールさん、大丈夫ですか？」

「う、む……アラタ殿は、この力を前にしてなにも感じないのですか？」

「え？　まあ結構強い感じはするけど……ああそうか」

最近ヴィーさんと本気でやり合ったこともあって、自分の感覚が麻痺していることに気がついた。

真祖の吸血鬼であり、そして最強種の中で最も古いヴィーさんの力はやはり頭一つ抜けているらしい。

ギュエスやティルテュたちも同じく強い力を持っているが、彼らはまだまだ若い。

この島で本気のヴィーさんと同レベルの力をもっているのは、スザクさんや闇の大精霊であるシエリル様といった、悠久の時を生きる人たちだけなのだろう。

「でもレイナも平気だよね」

「まあ平気ってわけじゃないけど、さすがに慣れたわ。この島に来たときだったら、気絶してたかもしれないけど……」

ゼフィールさんは顔色こそ悪いが、それでも気絶をするほどではなさそう。

エディンバラさんも警戒しているだけで、気圧《けお》されている様子もなかった。

どちらにせよ、二人ともギュエスの力を近くで受けても大丈夫であるみたい。

つまり、この島に来る前のレイナより二人はかなり強い力を持っているということ。

とはいえ、それでもゼフィールさんはだいぶ苦しそうだし、この状況で中に連れて行くわけにもいかない。

「俺たちが状況を見てくるので、二人はちょっと待っててくれます？」

「それが良いだろうな」

「アラタ殿、よろしく頼みます」

そうしてサクヤさんたちの家に入ると、怒号はさらにはっきりと聞こえてくるようになる。

「だから！　我らがやっているのは神聖な儀式で、それはわかって――」

「ギュエス、外まで声が聞こえてるけど、どうしたの？」

扉を開けるとサクヤさんに詰め寄る形のギュエス。

そして普段のおしとやかな雰囲気のサクヤさんには珍しく、悲しそうな顔。

兄妹仲が良い二人にしては珍しい光景だ。

「む？　ああ、兄者か！　丁度良かった！　兄者もサクヤを説得してくれ！」

「説得って言われても、まずは事情を……」

「っ――!?」

ギュエスが視線を逸らした瞬間、サクヤさんが外に走り出した。

その瞳から涙を零しながら。

「サクヤ！　まだ我の話は終わってないぞ！」

「アラタ！　私はサクヤさんを追いかけるから、貴方はギュエスを！」

「あ、うん」

走り去っていくサクヤさんを捕まえようと手を伸ばすギュエスの腕を摑み、そして拘束。

その間に彼女は家から出て行き、レイナも追いかけていった。

「兄者！　なぜ邪魔をする！」

「いや、ちょっと事情がわからないままだったけど……サクヤさん泣いてたからさ」

「う、ぐ……」

カッとなっていただけなのか、ギュエスもその言葉で力が抜けたようにその場に座り込んだ。

「それで、なんであんなに怒ってたの？」

「聞いてくれるのか？」

「そりゃあ、ね」

サクヤさんのことも心配だが、レイナが追いかけたから大丈夫だろう。

話を聞こうと思って、しかし外に二人を待たせていることを思い出した。

「ちょっと待ってて」

一度外に出ると、ゼフィールさんが一人で立っていた。

「あれ？　エディンバラさんは？」

「走り去るサクヤ殿と、レイナを追いかけて行ってしまわれた……」

「そうなんですね」

まああの人なら大丈夫だろう。

レイナとかゼロスたちの反応を見る限り、過去には色々とやっていた人なんだろうけど……。

――少なくとも、記憶を失ってこの島で生活をしている姿は立派な大人だし。

個人的には頼もしさもあり、しっかりした対応をしてくれる人だと思っていた。

「……今はギュエスも落ち着いてますけど、ゼフィールさんはどうします？」

「この里の者には世話になりましたからな。力になれることがあるなら手を貸しましょう」

「じゃあ一度中に入りましょうか」

そうして再び部屋に入ると、ギュエスがあからさまに凹んでいた。

「うぅ……兄者。我は、兄失格だ！」

「まあそう言わずにさ、先に事情を教えてよ」

「……実は――」

そうしてギュエスはポツポツと話し始める。

事の発端は、サクヤさんが鬼神族と古代龍族の決闘を見たいと言いだしたことらしい。

鬼神族にとってそれは成人の儀式でもあり、神聖なもの。

特にギュエスはリーダーとして、これに強い想いを持っているのは知っている。

それと同時に、彼は自らの罪を理解していた。

「知っての通り、我はもう先祖の名を知っている」

「うん」

「だが我は、まだそのことをサクヤに話していないのだ」

「……ああ、なるほど」

「どういうことですか？」

俺は事情を知っているからすぐわかったが、ゼフィールさんは理解出来ていない様子。

「えっと、ギュエスたち鬼神族と古代龍族って、お互いを高め合うライバル同士なんです」

「そういう相手がいるのは良いことですな」

過去になにかがあったのか、感慨深い表情。

「それで、強くなった鬼神族の若者は自身の先祖の名前を知って、成人になるんです」

「ふむ……ギュエス殿は非常に強い力を持っているように感じますが、これでまだ成人ではない、と？」

「それが……」

チラっとギュエスを見る。

これを俺が話すのは違うと思ったからだ。

「我はもうすでに成人している。そして、鬼神族は成人したらあの山に戻らねばならぬのだ」

「つまり……ギュエス殿はそれを隠していたということですか？」

「うむ。とはいえ、サクヤにだけだがな」

この里にいるのは成人していない鬼神族ばかり。

掟でそうなっているとはいえ、ギュエスだってまだこの里の友人やサクヤさんと一緒にいたい。

その気持ちは仲間たちにも伝わっており、その事実を知っていてもみんな山に行けとは言わずにいた。

「サクヤさんには言ってなかったんだ」

「あれは真面目だからな。もし我が掟を破っていたと知れば、山に行けと言うだろう」

「……」

別に成人したから会えないというわけではない。

だが鬼神族はプライドが高く、成人していないのに大人たちの住む山へ向かうのも、逆もまたあまりないことらしい。

「では先ほどのは……」

「サクヤが我とグラムの喧嘩を見たいと言い出して、ついカッとなってしまったのだ。サクヤからすれば、ただ兄の雄姿を見たいだけだったのかもしれないのに、我は、我は……」

自分の都合で怒鳴ってしまったことで、相当ショックを受けている。

ただ多分、サクヤさんはグラムに会いたかったんじゃないかなぁ。

もっとも、ここでそれを言ったら追い打ちになりそうだから言えないけど。

「まあレイナが追いかけたから大丈夫だと思うけど、帰ってきたらちゃんと謝ろうね」

「……それが良いでしょうな。なに、サクヤ殿ならきっと許してくれますとも」

「うん。俺からも言うからさ」

「兄者、ゼフィール殿……」

俺たちの言葉にギュエスは感動したように瞳を潤ませる。

大きい身体をして、相変わらず子どもみたいだなと思う。

やっぱり、成人というにはまだ早いよなぁ。

そんなことを思いながら、男三人で笑い合っていると、レイナたちが帰ってきた。

「あ、お帰りレイナ。実は――」

「お兄様……」

真剣な表情のサクヤさんが前に出る。

そして一言。

「しばらく家出させて頂きます！」

「え？」

「それでは！」

そしてこちらがなにかを言うより早く、彼女はそのまま出て行った。

レイナとエディンバラさんがついて行くように外に出て行き、そして残った男三人。

「……」

「……」

「……」

それぞれ言葉もなく、ただ気まずい空気が流れ続けるだけだった。

第四章　仲直り

「ぬおぉおぉお……サクヤアアアア……！　なぜ、なぜだぁぁぁ！」

　サクヤさんが出て行ったことがショックだったのか、ギュエスが涙を流しながら自《や》棄《け》酒《ざけ》を飲み始める。

　俺とゼフィールさんはこの状態で置いていくわけにも行かず、酒に付き合うことにした。

「ほらギュエス。サクヤさんも本気じゃないと思うからさ、泣き止みなよ」

「う、うぅぅ……だが、こんなこと今までなかったのだぁ……」

　お酒も強くないのに酒を注いでは呑み、注いでは呑みを繰り返している。

　大の大人が号泣する姿は見ていてあまり気持ちの良いものではないが、放っておくのもさすがに可哀想だ。

「参ったなぁ……」

　このままだと身体に悪いしどこかで気絶させるか？　と悩んでいるとゼフィールさんが心配そうにこちらを見ていた。

「アラタ殿はあまり心配しておらぬのですな」

「ん？　なにがです？」

「レイナのことですよ」

「ああ」

どうやらレイナはスノウも連れて行ったらしく、泊まっていた部屋に戻るともぬけの殻だった。

ただ手紙が置かれており、サクヤさんのことは家で見ておくから心配しないで、とあったので大丈夫だろう。

「まあレイナなら大丈……」

ふと、恋愛事に関してポンコツ具合を発揮した彼女を思い出す。

サクヤさんにしているアドバイスの数々は、正直言って見ていられないものだった。

「いや、家にはヴィーさんがいるから……」

そこまで言って、ヴィーさんがいたら事態をよりややこしくしそうだと思い出し言葉を止める。

なにも言わずどこかに行ってしまったこともあり、頼りに出来そうにないことを思い出した。

「……エディンバラさんがいたら大丈夫かな？」

「うぅむ……あの方は記憶を失っておるからなぁ。それにこの二百年、恋に現《うつつ》を抜かしたという話はついぞ聞いたことがないので」

「駄目かも」

どうにもメンバーが悪ぃ。

魔法使いとしては最高峰の面々であるはずなのに、どうしてこうも頼りないのだろうか。

そもそもこの島で一番恋愛事に詳しいのは誰だろうと思うと――。

「あ、エルガか」

神獣族の兄貴分である彼なら恋愛相談に乗ってくれるかもしれない。

最初に男が出てくるのもどうかと思ったが、他の面々を見ているとどうしてもそうなってしまう。

あとはマーリンさんだけど、ティルテュの行動を見ているとあの人の恋愛観もちょっと偏ってそうなんだよなぁ。


「オオォオオン！　サクヤアァアァア！」


「そろそろ気絶させちゃおうか」

「それはあまりに無情では……」

一度落ち着いてからじゃないと話にならないと思うから仕方ない。

酒に酔って潰れる様子もないので、とりあえず布団を持ってくる。

「ほらギュエス、ここで寝よう」

「われぇ……さくやをぉぉぉ、こんなぁちいぃさいときからそだてていたのだぁぁぁ」

「はいはい」

暴れるギュエスを無理矢理連れていき、そのまま布団に押さえ付ける。

枕に顔をうずめると、もがもが言いながら暴れていた。

しばらくそのままにすると沈黙。

「寝たかな？」

「中々力業《ちからわざ》でしたな」

「この島の人たちは頑丈だから、これくらいは大丈夫だよ」

神獣族の里で暴れる面々に、リビアさんたち女性陣がやっていたのを真似したもの。

さすがにこれはコピーの範囲外だったのだが、意外と上手くいった。

しばらくすると岩を引きずるようなイビキが聞こえてきたので、ばっちりだろう。

「そう考えると俺もだいぶこの島に慣れてきたもんだ」

「この島に来てから長いのですか？」

「まだ一年も経ってないですけど……まあ毎日が濃いから」

レイナと出会って、神獣族のみんなやティルテュと出会い、それにアールヴの村や色んなところに行ったものだ。

「そういえばハイエルフの里にはまだ行ってないなぁ」

「エルフは大陸にもいましたが、ハイエルフですか。それはまた、とんでもないのでしょうなぁ」

「どうでしょう？　ハイアールヴを名乗る友達はいるけど普通ですよ」

もっとも、あのマイペースさを普通と言っていいものかちょっと悩んでしまうが。

どうせ出来ることもないので、ゼフィールさんにこの島のことを話していく。

彼からの質問に答えながら、色んなことがあったなぁと思い出に浸ったりしていると、羨ましそうな顔をされた。

「どうしました？」

「なに、話を聞いてワシもこの島のことがますます気に入ってしまいましてな。良ければまた案内して貰えないでしょうか？」

「いいですよ。そしたら今度、男旅でもしましょうか」

ゼロスあたりも誘ってみようか。

そんな気軽なノリで会話をしつつ、ギュエスが残した酒を注いで軽く杯を合わせる。

先日も温泉で話をして思ったが、この人は本当に苦労人だ。

ブラック企業で働いていたときのことを思い出すと、自然と涙が出てくる。

これからどうするつもりかはまだ決めていないらしいが、できる限り力になりたいと思ってしまった。

◇

その日はそのまま部屋で眠り、翌朝。

目が覚めて顔を洗って戻ってくると、ギュエスは畳に頭をこすりつけていた。

「兄者、情けない姿を見せてしまい申し訳ない！」

「ああ、いいよいいよ。だから顔上げて」

元々赤黒い肌だが、額だけ異常に赤くしているのは相当力を込めていたからだろう。

それだけ反省しているなら、もう冷静に話が出来そうだ。

「育ててきた妹君が家出をしたのであれば冷静にもなれまいて」

「そうだね」

「二人とも……」

感極まった様子だが、このまま変にテンションが上がってしまってはまた困る。

早めに今回の件は解決させてあげないと、俺も帰りづらいのだ。

「というわけで、サクヤさんが見学に来ることを認めてあげようよ」

「……しかし、それでは」

「大丈夫だって。成人してるのに里にいるのを気にしてるんだろうけど、サクヤさんならきっとわかってくれるって」

そこさえクリア出来れば、色々な問題が解決出来るのだ。

たとえば、ずっと後回しにしていたサクヤさんとグラムを会わせることとかも。

「む、むむむ……」

「ギュエスが子どもの頃から育ててきたんでしょ？　そこは信頼してあげなきゃ」

「そう、だな。あいわかった！　サクヤにはしっかり説明をしよう」

ようやく納得出来たのか、ギュエスの顔もすっきりしたもの。

この流れでついでに約束もさせておこう。

「うんうん。そのとき、もしかしたら彼女からもお願いがあるかもしれないけど……」

「我のことを納得してもらうのだ。ならば兄として、願いの一つや二つ叶えて見せようではないか！」

言質取った！　と笑ってしまいそうになるが、まあこんなだまし討ちみたいなことで強制するのはさすがに良くないか。

ちゃんとギュエスにも納得して貰わないと、幸せになれないもんな。

「だから……その、兄者」

「ん？」

「もしものときは、我を助けてくれるか？」

大きな身体をしているくせに、妙に身体を縮こませてそんなことを言う。

ギャップがあってちょっと面白いけど、本人としては真剣なのだろう。

「当たり前だよ。だって俺は、ギュエスの兄貴分だからね」

「おお……」

瞳を輝かせる姿はどこか可愛い感じがする。

まあ言葉にした以上、しっかり間に入って解決させてあげよう。

「それじゃあ、まずはサクヤさんを迎えに行こうか」

「うむ！」

昨日泣き続けたのが嘘のように、ギュエスはすっきりした顔で立ち上がる。

「ワシはここまでにしておきましょう」

「……わかりました。ゼフィールさんはゆっくり休んでいてください」

今回の件、部外者があまり立ち入るものではない、ということだろう。

ゼフィールさんは鬼神族の里に残ると言い、たしかにその方が良いような気がする。

あくまでも今回は兄妹の出来事。

気を遣ってくれたのだろうと理解し、彼とは別れて俺たちは家を出た。

そしてギュエスと一緒に家に向かっている道中。

森を歩きながら、どういった経緯でそうなったのかを改めて考えてみる。

「しかし、サクヤはなぜ家出など……」

「そうだねぇ……」

そもそも、鬼神族にとって古代龍族との喧嘩が大切なものだという認識はサクヤさんにもあるはずだ。

いくらグラムのことを好きだと言っても、そこに無理矢理割り込むというのはワガママだとわかっているはずなんだけど……。

――ちゃんと紹介をする約束もしたのだから、それが理由とも考えづらいんだよなぁ。

「なにか心当たりはないの？」

「むぅ……」

ギュエスは悩んだ様子で、思い浮かばないようだ。

まあサクヤさんだって気持ちを胸に秘めているのだから、当然か。

「そういえば最近、グラムを見ないけど……」

「ん？　ああ、なんでもあやつ、女を拾ったらしい」

「……」

女を、拾った……？

「どうやら兄者たちと同じく島の外から漂流してきた者のようでな。病気らしく、しばらく介抱のために喧嘩が終わればすぐに帰ってしまうのだ」

「そのこと、サクヤさんは知ってるの？」

「我が言ったから知ってるぞ」

なるほど、と空を見上げる。

好きな人のもとに女性が転がり込んだと知って、いてもたってもいられなくなってしまったと。

「それならサクヤさんがこういう行動を取るのも、仕方ないよね」

「む、なにがだ？」

「……とりあえず、家に行こう。そこでちゃんと話をした方が良いと思うんだ」

「う、うむ……？」

ギュエスは戸惑った様子だが、理由がはっきりした以上早めに帰って色々と進めてしまった方がいいだろう。

普通に歩いていてはかなり時間がかかるため、途中からは駆け足で家に向かう。

おかげで日が暮れるよりだいぶ早く到着することが出来て、扉を開けた。

「あ、ぱぱ！　おかえり！」

「あれ？　レイナは？」

「んーと、サクヤお姉ちゃんと大切な話があるからって、あそこ」

スノウが指さすのは、マーリンさんの家。

どうやらあそこで女子会をしているらしい。

「……」

「あそこだな！」

「ギュエス、ちょっと待った！」

「っ――!?　兄者、なにを!?」

慌てて駆け出そうとするギュエスの腕を摑み、とりあえず家に入れる。

そのまま力ずくで引っ張っていき、ソファに座らせた。

正面には俺も座り、なぜかやってきたスノウが寝っ転がって頭を膝に乗せてくる。

――ああ、また一人で置いて行かれて寂しかったんだ。

軽く頭を撫でてあげながら、俺はまっすぐギュエスを見つめた。

「いったん冷静になろう」

「だが兄者！　我は兄として……」

「多分これから、どうしてサクヤさんが必死だったのかを伝えられると思う」

おおよその事態は把握出来たが、このタイミングでギュエスを連れてきたのはもしかしたら不味かったかもしれない。

とはいえ、この辺りはおそらくレイナが主導して色々と話をしてくれているはず。

そう信じて、俺に出来ることは彼に心の準備をさせておくことだ。

「兄者は、サクヤが出て行った理由がわかったのか？」

「うん。ただこれはちょっと、サクヤさんにも時間をあげて欲しいかな」

今考えると、レイナたちがサクヤさんを連れ出したのはナイスな判断だった。

冷静になる時間は誰にでも必要なんだから。

「スノウ、ちょっとお願いがあるんだけど、いいかな?」

「んー?」

膝の上に頭を乗せて転がっているスノウを一度起き上がらせる。

「あのね、ママたちに俺とギュエスが待ってることを伝えてきて欲しいんだ」

「なんでぱぱは行かないの?」

「今は女の人たちだけで話をしてるからね。それで、理由はわかったから準備が出来たら帰ってきて欲しいって、ママに教えてあげて」

「……うん!」

ソファから下りて、スノウはそのままマーリンさんの家に向かって出て行く。

それを見送って、俺はお茶を入れてギュエスが落ち着くまで雑談をするのであった。

◇

しばらくして、レイナたちが帰ってくる。

サクヤさんは気まずそうな顔をしていて、それを見たギュエスもまた緊張感を高め、奇妙な空気が家の中に流れた。

「あれ? エディンバラさんは?」

「自分がいても出来ることはないだろう、ってマーリンと一緒にスノウを見てくれてるわ」

「ああ、なるほど」

昨日の様子を見ると、エディンバラさんと一緒になったマーリンさんの顔もだいぶ引き攣ってそうだなぁ。

しかしゼフィールさんにしても、エディンバラさんにしても、気を遣ってくれる人たちだ。

もし記憶を失う前の彼女が怖い人だったのなら、それ相応の理由があったんじゃないかと思ってしまう。

そんなことを思いながら、俺はギュエスの隣に移動し、正面にレイナたちが座れるようにした。

「……」

「サクヤ。我になにか不満があるなら言うが良い」

腕を組んだギュエスは、やや高圧的な雰囲気。

兄として、一家の大黒柱としてやや威圧的になっている様子だが、少し身体が震えていて緊張しているのがよくわかる。

「私は……お兄様たちの戦いが……」

「サクヤさん。そうじゃないでしょ」

「……」

顔を伏せながら震えるサクヤさんに、レイナがそっと手を添える。

「言いたいことを言わないと、後悔するわよ」

「そう、ですね」

レイナの言葉にサクヤさんが顔を上げてギュエスを見る。

対するギュエスも、唾を飲み込み、緊張しながらも覚悟を決めた顔をしていた。

「うむ。隠し事なら我もある。ずっと伝えなければならなかったのに、言えなかったことだ……だが今日、それを話す。だからサクヤ、お前も話してくれ。我はちゃんと、その話を聞こうと思う」

「……わかりました。では、私からお話しします」

俺とレイナは席を離れようとしたが、目線で残っていて欲しいと訴えられたので止まる。

「いいの？」

「ああ。我は聞いて、そして兄としてすべてを受け入れる。その姿を兄者にも見届けて欲しい」

「わかった」

そうしてソファに座り直し、俺はサクヤさんの言葉を待つ。

「私は――」

――古代龍族のグラム様のことをお慕いしているのです。

「……は？」

それを聞いた瞬間、これまで緊張した様子で硬かったギュエスの顔が崩れ、とても言葉では言い表せない表情となった。

目を見開き、口を大きく開けて、本当に予想外だったのだろう。

完全に動きを止めたギュエスに対して、サクヤさんは不安そうな表情を見せる。

当然だろう。

父のように育ててくれた兄に、犬猿の仲とも言える古代龍族、しかもライバルを好きになったなど認めて貰えるとは到底思えないからだ。

「ギュエス……」

「な、なにを言っておるのだサクヤ！　あ、ははは、そうか！　これは兄者たちも巻き込んで我をからかって――」

「……」

冗談として笑い飛ばそうとしたギュエスだが、サクヤさんの真剣な表情を見て言葉を止める。

「……本気、なのか？」

「はい。私は古代龍族のグラム様に恋をしております」

「……兄者も、姉者も知っていたのか？」

「うん」

「ええ」

「そうか……」

俺たちが頷くと、ギュエスは無言で立ち上がり、フラフラとした様子で家の外に出て行く。

サクヤさんが追いかけようとするが、それは俺が手で制した。

「今度は、俺が行ってくる」

鬼神族の里でサクヤさんが出て行ったときと同じような状況。

俺は追いかけるように、家から出る。

逃げ出すように、というよりは状況に頭が追いつかず無意識に身体が動いてしまったのだろう。

ギュエスはただフラフラと、森の中に向かって歩いていた。

「……」

横まで駆け寄り、そのままなにも言わずにただ歩く。

俺たちの力を恐れて魔物や動物たちは近寄ってこないので、森は静かなものだ。

時折聞こえてくる木々のざわめきや木漏れ日など、本来は気分が上がるはずなんだけど……。

――まあ、この状況じゃ無理だよなぁ。

チラリとギュエスを見上げると、幽鬼的な表情。

ただ前を向いて歩くだけの姿はゾンビのように力がない。

まあ、今はただ付き合おう。

そのうち現実に戻って話をしたくなったとき、誰かが傍にいた方が絶対にいいのだから。

「あ……」

しばらくして森を抜けると、海に出た。

まさかまた誰か流れ着いてないよな？　と周囲を見回すが誰もいないのでホッとする。

——レイナにゼロス、マーリンさん、そしてエディンバラさんと、だいたいここに流れ着いているみたいだからなぁ……。

とはいえ、ゼフィールさんは気が付けばこの島にいたというので、なにか特別な力が働いている感じはする。

そんなことを考えていると、いつの間にかギュエスが迷うことなく海岸を突き進み、そのまま海の中に歩いて行く。

「え？」

「……」

足が水に浸かっても、止まる気配がないんだけど——。

「ちょ、さすがにそれはストォォオプ！」

「ぬが!?」

思わずギュエスの肩を摑んで波打際まで引っ張る。

そのときの勢いが強すぎたせいでギュエスが変な声を上げるが、さすがに今のは見過ごせなかったから許して欲しい。

「はっ——!?　こ、ここは!?　我はいったい!?」

頭まで水浸しになり、周囲をキョロキョロと見回す。

どうやら本当に無意識に行動していたらしい。

「ふむ、なにやら兄者の家で衝撃的なことを聞いた気がしたが、外なのでやはり勘違いだったか。それもそうだ。なにせサクヤが、あの幼い頃から可愛がってきたサクヤが……」

ギュエスの身体がぷるぷると震え、瞳からは涙が零れ始める。

それらは海に落ち、波に流されて消えて――。

「お、おおぉおぉおん！　なあ兄者ぁぁぁ！　先ほどのは夢だよなぁぁあ!?　そうと言ってくれぇぇぇぇ！」

それが切っ掛けだったのか、何度も波に身体を濡らしながら大泣きし続ける。

俺はなにも言わず、ただ首を横に振って現実を伝えるだけ。

しばらくして、泣き止んだギュエスは海から出て浜辺に座り込んだ。

俺はその隣に座って、同じように海を見る。

「ちょっとは落ち着いた？」

「……む、うむ」

浜辺で膝を抱えながら座るギュエスはどこか思春期の子どもみたいだ。

「なあ兄者、サクヤはなぜグラムのことを、その、好きになったのだ？」

「それは俺の口からは言えないよ」

「う、むむむ……」

「だけどさ、もしあのサクヤさんが好きになったんだったら、それだけの魅力があったんじゃないかな？」

グラムが古代龍族のリーダーをやっているのは決して強さだけによるものじゃないと思っている。

もちろん彼らにとって強さというのは絶対的な指標だろうが、それでも横暴なリーダーだったら下剋上が起きたって不思議じゃない。

そしてそれはギュエスにも言えることだ。

誰よりも仲間と家族を大事にしていて、みんなを守るという強い意志をいつも感じていた。

だからこそ彼らは、それぞれのリーダーを信頼して付いて来ているのだろう。

「なぜ、よりによってグラムなのだ……」

「やっぱり認められない？」

「当然だ！　奴は我のライバルだぞ！　そんな男に我が妹を任せるなど……」

「でもギュエスさ、前に言ってたよね。鬼神族の女は強い男に嫁ぐのが幸せなんだー！　って」

「ぬ？　なんの話だ？」

——きしんぞくのおんなはつよいおとこにとつぐのがしあわせなんだー！

初めて鬼神族の里でギュエスと飲んだ日、酔っ払いながらそう言った。

完全に酔っていたからこそ、この言葉が本心だとわかる。

「この里の者は我より弱い！　とかもね」

「そ、そんなこと、我が……？」

「うん、結構はっきり言ってたよ」

まあでも、それは事実なのだろう。

——だからサクヤさんが俺のことを好きなんて勘違いしたんだろうなぁ……。

誰よりもサクヤさんの幸せを願っているギュエスは、自分よりも強い男を求めている。

鬼神族と古代龍族の集団を一人で相手に出来る俺は、きっとお眼鏡に適《かな》っているのだ。

だけど俺も、そしてサクヤさんもそれぞれ想いは違う。

「グラムの強さはギュエスだって認めてるよね」

「だが、奴は古代龍族で——」

「それを言ったら、俺は人間だよ」

多分、と最近、人間と言っていいのか少し自信がなくなってきているけど、今は言うまい。

「別に、鬼神族と古代龍族が恋人になったら駄目なんてルールはないんでしょ？」

「それは、そうだが……」

「それに最近見てても、グラムとギュエスは結構相性いいと思うんだ」

喧嘩するほど仲が良いとでも言うのか、二人はぶつかり合いながら己を高め合っているようにも見える。

だからきっと、家族になっても大丈夫。

「それはない、が……」

ギュエスは膝を抱えながら空を見る。

「やつの強さだけは、認めている」

「うん、今はそれでいいんじゃないかな。どっちにしてもさ、グラムはこのことを知らないんだし」

「そうなのか？」

「そりゃそうだよ。だってサクヤさんは昔グラムと会ってから、一度も喧嘩をしているところに連れて行って貰えてないんだからさ」

まあだからこそ、恋い焦がれているのかもしれない。

昔の人も会わず手紙のやりとりで、いつか会える日を求めて自らの恋心を高めていったような感じか。

——まあ、その手紙というのがギュエスの語りなわけだけど……。

そう考えると、ちょっとだけ不憫《ふびん》な気がしたので、考えるのは止めておこうと思う。

「それで、どうするの？」

「……我は、サクヤが幸せになれるならそれでいい」

「うん」

「もしグラムの奴が幸せに出来るというなら、認めてやらんでもない」

「そっか。なら、そのことをサクヤさんに伝えてあげないとね」

立ち上がり、ギュエスに手を伸ばす。

ゴツゴツとした手に握られ、引っ張り上げた。

「それじゃあ帰ろうか。今日は泊まっていいから、存分に話し合ったら良いよ」

「ああ……」

森に向かって進むと、ギュエスが立ち止まる。

「ギュエス？」

振り向くと、頭を下げていた。

「兄者、感謝する……」

「話を聞くのは兄貴分の役割だからね」

顔を上げると、出て行ったときとは違ってすっきりした表情になっていた。

◇

家に戻ると、不安そうな顔をしたサクヤさんが待っていた。

「お兄様……」

「サクヤ……すまんかった！」

ギュエスは余計なことは言わず、ただ勢いよく頭を下げる。

それまでなにを言われるのかと心配していたサクヤさんも、突然の行動に驚き目を丸くする。

「我はお前の気持ちを考えず、ただ自分の言葉だけを押しつけてしまった！　兄なのに、話を聞くことすらせず否定してしまったのだ！」

「あ、あの！　顔をお上げください！」

サクヤさんは慌ててギュエスに近づくと、その肩に触れて顔を上げさせようとする。

しかし元々の力の差もあってびくともしない。

気持ちはわかるが、このままでは話が進みそうになかった。

「ギュエス、話を聞くんでしょ。だったら顔を上げて、サクヤさんのことを見ないと」

「あ……うむ」

自分のしていることと言葉が矛盾していることに気付いたのか、ギュエスは顔を上げた。

「お兄様は、いつも私の話を聞いてくれません」

「お、あ……その」

「喧嘩だと出かけてばかりで、家のこともしてくれませんし」

「いや、それはだな……鬼神族の男というのはそういうもので……」

拗ねた様子でこれまでの不満を語っていくサクヤさんに対し、どんどんと身体が小さくなっていくギュエス。

少し関係ない話が出ている気もするが、それもご愛敬だろう。

ギュエスはこちらに向けて助けを求める視線を送ってくるが、これも兄妹のコミュニケーションと諦めて貰うとして……。

「レイナ、俺たちはスノウを迎えに行こうか」

「そうね」

「あ、兄者！　それに姉者も!?」

「お兄様、まだお話は終わっていません！」

「あ、はい」

家から出て行こうとする俺たちをギュエスは引き留めようとするが、サクヤさんの一言で大人しくなる。

「ギュエスはちょっと反省して、サクヤさんの話をちゃんと聞いてあげるように」

縋るようなギュエスを置いて、俺たちは外に出てマーリンさんの家に向かう。

「ちょっと可哀想だったかな」

「いいんじゃない。サクヤさんも結構ため込むタイプみたいだし、たまにはこういうもの」

「そうだね」

扉をノックすると、マーリンさんが出てくる。

「あら、もう終わったの？」

「今はサクヤさんがギュエスに甘えて、言いたいことを全部吐き出してるところよ」

「そう、なら上手くいったのね」

そう言いながら、マーリンさんは中に入れてくれる。

ティルテュはよく遊びに行っているが、俺はあまり入ったことがないので少しだけ緊張した。

そう大きくない家のため、廊下を歩くとすぐにリビングがある。

そこにはカーペットの上で寝転がり、エディンバラさんの膝を枕に寝ているスノウの姿。

「スノウ寝ちゃったんですね」

「ああ。中々いい遊びっぷりだったぞ」

「遊んでくれてありがとうございます」

「気にするな。どうやら私は、子どもが嫌いじゃないらしい」

寝ているスノウの頭を撫でる仕草は柔らかく、言葉の通り子ども好きなんだろうと思う。

ただ隣に立っているレイナは、そんな彼女の姿が自分の知っているものと違いすぎて、かなり複雑そうな表情だ。

俺からすれば出会ったときからこんな感じなので、むしろ七天大魔導の面々が言う暴君のような
エディンバラさんの方に違和感があった。

エディンバラさんは俺とレイナを見てから、ちょいちょい、と手招きをする。

「どうしました？」

「……せっかくだ。スノウはもう少し私が見ているから、二人は逢瀬でも重ねてくると良い」

俺が近づくと、彼女は少し顔を近づけてレイナに聞こえないように囁いた。

「逢瀬って……またずいぶんと古風な言い方ですね」

「ん？　そうなのか？」

そう聞き返されて、この世界の言葉が自然と日本語に翻訳されているのだから、変なことはないのだと気が付いた。

今更だが、俺が聞いている言葉は全部この世界のもので、彼らの口調もそれっぽく聞こえているだけ。

——まあ、だけど本当に今更だよなぁ。

この島に来てからそれなりになるが、これで困ったことはないし、多分困ることもないだろう。

だったらそれを深く考える意味はない。

だって俺は、なにか使命を持ってこの世界に呼ばれたわけじゃないんだから。

「多分、俺の気のせいでした」

「そうか。それでどうするんだ？」

「それじゃあせっかくなので……」

どこかそわそわした顔をしているレイナを見る。

先ほどのギュエスたちではないが、最近二人だけでゆっくり話す機会も少なかった気がする。

「お言葉に甘えさせてもらいますね」

「ああ。行ってくると良い」

レイナに振り向き、二人で出かけようと伝えると、彼女は一度スノウを見た。

天使のような寝顔で、しばらく起きそうにない。

それに起きてもエディンバラさんとマーリンさんが見てくれる。

「行こうか」

「……ええ」

少し照れた顔をして、彼女らしくない子どものような返事。

それがどこか可愛く思えて、俺もちょっと恥ずかしい気持ちになった。

第五章　南の森

家から出て、木漏れ日の下をレイナと二人きりで歩く。

思えば、こうして二人だけで過ごすのはいつぶりだろうか？

スノウがうちに来てからは、あの子が寂しがらないようにどちらかは一緒にいたし、そうでなくても他の誰かが常にいた気がする。

「この島に来たときは二人だけだったのに、ずいぶんと騒がしくなってきたよね」

ルナと出会って、エルガやティルテュが来て、ゼロスたちもやってきて……。

思い返すと、この島に来てからどれくらいの人と出会ったのだろうと思ってしまう。

神獣族の面々も未だにレイナの食事を求めてやってくるし、カティマたちアールヴや古代龍族、鬼神族と合わせたら凄い人数になりそうだ。

最初の頃はのんびりしている時間が多かったが、今では毎日誰かが遊びに来て、騒がしい日々が続いている。

だけどそれが嫌かと聞かれると、全然そんなことはなかった。

「それにしても、まさか師匠まで来るとは思わなかったわ」

「あはは」

ちょっと不満げな様子だが、本当にそう思っていないことはわかった。

彼女の過去を聞いていたので、もっと深刻な雰囲気になるかと思ったが、やっぱり記憶喪失というのが大きかったのかもしれない。

「レイナの話とはだいぶ違う感じだったけど、あれがエディンバラさんの素なのかもね」

「そんなわけないわよ。本来の師匠って人に興味がないんだから」

「興味がない？」

「ええ。いつもどこか途方を見ていて、誰にも興味がない感じ。七天大魔導だって、あの人を繋ぎ止めるためにゼフィールが作った組織なのよ」

「そうなんだ」

それは俺の印象とずいぶん違うなぁ、と思う。

彼女はたしかにクールで浮世離れした雰囲気だけど、どちらかというと世話焼きな印象だった。

実際、スノウのことも可愛がってくれるし、俺が困っていたらすぐに気付いて手伝ってくれたりもしたし……。

「昔なにかあったのかな？」

「さあ？　なにせ最古の魔法使いだからね。あの人の昔を知ってるのだってゼフィールだけだし、それも答えてくれないから……」

　そんな話をしていると、レイナが過去のことを思い出して色々とやられたことを話してくる。

　以前聞いたこともあれば初めて聞く内容も含め、普段レイナからこうした愚痴は聞かないので、新鮮で楽しい。

「ちょっと、なに笑ってるのよ……」

「え？　笑ってるかな？」

「ええ、なんだか子どもを見るみたいにね」

　思わず手を口に当てると、たしかに笑っている気がした。

　特に意識をしたわけではないが、普段は見せない顔を俺に見せてくれたか、ちょっと嬉しくなったみたいだ。

「色んなレイナを知れたからだよ」

「っ――!?」

　俺がそう言うと、レイナはちょっと顔を紅くして目を背ける。

　怒ってるのかな？　と思ったが髪を指に絡ませているので、照れているだけだとわかった。

　一緒に住むようになって、彼女の癖なんかも知っていくようになったのだ。

「ア、アラタはそういう話はないの？」

「俺？　色々あるけど、話してもわかりづらいんじゃないかなぁ」

なにせ俺の話をしようと思ったら、日本のことになってしまう。

レイナには異世界から来たことは伝えているし、たまに向こうの世界の話もするが、一度も見たことのない世界を想像するのは難しいだろう。

――俺、絵が下手だからなぁ。

以前スノウに請われて日本の絵を描いてみたことがあるが、残念ながらなにも伝わらなかった。

あのときのみんなの表情はとても優しく、それが余計に心にきたものだ。

「わからなくても聞きたいわ」

「そう？」

「ええ。貴方のこと、もっと知りたいもの」

レイナとはそれなりに長い時間を一緒に過ごしているし、家族みたいなものだと思っている。

それでも正直、今の言葉はぐっときた。

「そっか。それじゃあ……」

俺は平静を装いながら自分の過去を改めて話していく。

とはいえ、過去に話した辛い話をまたするのも違うだろうなと思ったので、子どもの頃の話。

幼稚園や学校でどんな遊びをしたかとか、どんな風に育ってきたのか。

色んな自分を知ってもらいたいと思い、俺は順番に話していく。

「へぇ、そしたら平民でもみんな学校に通うのね」

「うん。俺が提案してる遊びや道具は、だいたい学校で友達とやったことが多いかな」

思えば、この島ではなんちゃってスポーツなんかもよくやってきた。

カティマは野球が好きなのか、今でもたまに道具を用意して遊びに来るし。

とはいえ、スノウがあまり興味ないせいで、結局別の遊びに付き合わされたりしているのだが。

「文字だけじゃなくて算学に歴史かぁ……改めて聞くととんでもないわよね」

「大陸だとどんな感じなんだったっけ？」

「基本的に学校に通うのは貴族だけね。あと一部の商人の子どもとかが、将来のコネを得るために入学したりとかかしら」

そこで学ぶのも、ほとんどが貴族としてのマナーなどらしい。

勉学もやるが、貴族は家庭教師を雇っているため入学する頃にはそれなりに勉強も出来る状態だったそうだ。

「あれ？　魔法とかはどうやって学ぶの？」

「子どもの頃に魔法の適性があるか一斉に調べて、そこで才能のある子には師匠が付くのよ」

「へぇ。じゃあそのときにエディンバラさんがレイナを弟子にしたんだね」

「ええ……あのときはビックリしたわ」

大陸最強の魔法使いが弟子にするなんて、その時点で将来が約束されたようなものだもんなぁ。

とはいえ、レイナ本人は魔法使いに憧れるより孤児の世話をしてくれたシスターのようになれたらいいって思ってたから、あんまり望んでなかったみたいだけど。

「最初の頃は本当に嫌だった……私が凄い魔法使いになれたら孤児院の子たちの環境がもっと良くなるって聞かされてなかったら、逃げ出してたかも」

「どうだろう。結局レイナは最後までやりきる気がするけどね」

「……んんー」

なんだかちょっと可愛い感じで複雑そうな顔をしている。

たとえ嫌なことがあってもレイナが逃げるとはとても思えないよなぁ。

「実際、逃げなかったから今があるんでしょ」

「そうだけど……逃げられなかったというのもあったし……」

どうにもエディンバラさんとの過去の話になると、彼女はどこか子どもっぽくなる。

普段見られないレイナに、やはり微笑ましく思ってしまいつい頭に手が伸びた。

「頑張ったおかげで、俺は今レイナと一緒に居られるんだよ」

「むぅ……さっきからアラタ、なんだか子ども扱いしてない？」

「してないしてない」

レイナは頭を撫でる俺の手を両手で押さえる。

もしかして嫌だったかな？　と思ったが、俯いた割りに手は離してくれなかった。

「でもそうね。そう考えたら、今までやってきたことは絶対に無駄じゃなかった、か」

そうして手を下ろすと、レイナはそのまま指を絡めてくる。

俺はそれを受け入れて、軽く力を入れた。

「久しぶりに、もう少しゆっくりしましょうか」

「そうだね」

スノウにはなにか喜ぶお土産でも用意しないとな、と思いつつ、手を繋いだレイナと一緒にこの島をゆっくり回り始めた。

◇

なんだかんだ、この島は広い。

以前エルガから地図を貰ったとき疑問に思ったのは、誰が地図を作ったのかということ。

実際に聞いてみると、神獣族の中でも変わり者がいて、自らの足で歩いて作ったらしい。

そのとき、海沿いを歩いて一周したとき一週間ほどかかったらしく、感覚的に北海道くらいだなと思った記憶があった。

「今度、俺たちもやってみる？」

「それも面白そうだけど、スノウが飽きちゃいそうね」

「ああ、たしかに」

俺が本気を出せば森の端から端までそんなに時間はかからない。

そもそも飛んでいけば、どこにでも行ける。

ただあえてそんなことをしなくても、時間はたくさんあるのだから、のんびりやれたらいいなと思う。

昔と違って、結果より過程の方が大切なのだ。

「でも今日は二人だし、せっかくだから……」

「そうね」

俺たちは手を繋ぎながら森を歩く。

特に目的地は決めずに出てきたが、どうせなら今まで一度も行ったことのない方に行ってみようと、南に足を運んでみることにした。

「この辺りより先には行ったことなかったけど、たしかハイエルフがいるんだよね」

「エルガの話だとそうね。いきなり襲いかかっては来ないと思うけど、大丈夫かしら？」

「なにかあったら俺が盾になるから」

「ふふ。そのときはよろしくね」

冗談風に言っているが、いきなり攻撃されたら本当に盾にするだろう。

レイナも俺の身体の頑丈さは身に染みているから、そこに躊躇《ためら》いはないはずだ。

――まあ、下手に躊躇われて彼女が傷つくなんて嫌すぎるから、そっちの方が助かるくらいなんだよね。

「そういえば、ハイエルフとかそっち側の大精霊様は俺のことも知ってるのかな？」

「前にアラタがヴィルヘルミナさんと暴れたあと、スザクさんたちが島中を回って説明したらしいから、知ってるんじゃないかしら」

「だよね」

俺は戦いのプロというわけではないので、不意打ちをされれば普通に攻撃は喰らう。

動体視力とかは常人より良いから見えれば反応は出来ると思うけど、守ると言いつつ実はちょっと不安だった。

とはいえ、ここまで来たら挨拶くらいはしてみよう、と思っていたら——。

「……おかしいわね？」

「ん？　どうしたの？」

しばらく森を散策していると、不意にレイナが困惑した表情をする。

「前に見た地図だと、もうすぐ森を抜けてしまうわ」

「え？」

もうそんなに進んだのかと思うと同時に、それはたしかにおかしいと思った。

なぜなら俺たちが住んでいる家から南に進むと、ハイエルフの里があるはずなのだ。

「……とりあえず、もう少し進んでみましょうか」

「うん。あ、一回地図出すね」

収納魔法から地図を取り出し、念のため確認する。

俺はどこになにがあるかくらいしかわからないが、レイナは地図からある程度正確な距離も把握出来ているらしい。

「やっぱり、もう森を抜けてしまうわね」

「……」

俺たちの住む拠点を中心とすると、北にはアールヴの村と大精霊の住処があり、その東側は古代龍族の里がある。

ヴィーさんの城はその北側で、神獣族の里は家から東に進むところだ。

鬼神族の里は神獣族の里の北側にあり、鬼神族と古代龍族の縄張りは隣接している形。

「今まで見てきた感じ、この地図に間違いはなかったわ」

「つまり、この南側だけ間違ってるって可能性は低いってこと？」

「ええ。でももう森を抜けて、このままだとこの湖に辿り着いてしまうわね……」

レイナは一度、これまで進んできた道を振り返る。

ハイエルフの里はそんなに大きな範囲ではないので、もしかしたら少しズレてしまったのかもしれない。

「もう少し森を探索する？」

「……いえ、これ以上遅くなると日も暮れちゃうし、今日はもうこのまま戻りましょう」

空を見れば、太陽は頂点を越えていた。

いざとなれば空を飛んで一気に帰れるとはいえ、天気も良いしのんびり帰りたい。

「まあせっかくだから、少し気にしながら帰ってみようか」

「そうね。ハイエルフに挨拶するためにこっちまで来たわけじゃないし、それはまた今度ちゃんと時間を取りましょうか」

「うん」

そうして来た道を戻っていると、一瞬だけピリッとした感覚を覚えた。

思わず振り返るが、同じ木々が並んでいるだけで、なにもない。

「……」

「アラタ？」

「……ううん、なんでもないよ」

首を傾げていると、レイナが声をかけてくる。

今の不思議な感覚に気付いた様子もないので、俺も気にしないことにした。

◇

「そういえばグラムのことだけど、なにか女性を助けたらしいね」

家に戻る道中、俺は先日ギュエスから聞いたことを話す。

元を辿れば、サクヤさんが焦ったのもその件があったからだ。

「そうみたい。サクヤさんもあんまり詳しく知らないらしいけど、もしかしたら一緒に来た面々の誰かかもしれないわね」

「そっか。なら明日一度グラムに会いに行ってみるよ。レイナはどうする？」

「正直、カーラだったら面倒なんだけど……」

レイナはやや苦虫を噛み潰したような表情。

以前マーリンさんたちが来たときより渋い顔をしているので、よほど相性が合わない相手なのだろう。

せめて女性の特徴でもわかれば良かったんだけどなぁ。

「じゃあ明日は俺だけで行ってみるよ」

「お願い。ついでにグラムの近況も聞いて、サクヤさんに教えてあげてくれる？」

「うん、いいよ」

レイナはサクヤさんの恋を全力で応援している。

俺も色々とお世話になっているので、当然、手伝いをすることに抵抗はない。

「サクヤさんの恋、上手くいくといいなぁ」

「あんなに優しくて良い人だもの。大丈夫よ絶対！」

「一番の壁は越えられたしね」

一番の壁、というのはもちろんギュエスのことだ。

なにせかなりの頑固者で、一度決めたら中々動かない。

大切な妹の想い人が古代龍族で、その中でも一番のライバルだと言われたのだ。

取り乱すのも仕方がないとは思ったが、今は話を聞く態勢にもなったし、これなら色々と上手くいくかなとちょっとだけ気楽に思えた。

◇

夕方頃、家に戻るとギュエスとサクヤさんは無事に仲直りを終えていた。

今日はもう遅いので泊まっていけばと言ったのだが、これ以上は迷惑をかけられないとのことで、お礼だけ言って帰っていく。

「まあ二人が本気を出せば、一時間もかからないから大丈夫か」

「いつもお世話になってるんだから、気にせずゆっくりしていけばいいのにね」

二人を見送り、レイナは夕食の支度。

そして俺はマーリンさんの家にスノウを迎えに行く。

招き入れられると、スノウが家から持ってきたお気に入りの魚を釣る玩具で遊んでいるところだった。


「まあの子は可愛いから良いんだけど……」

「マーリンさん、今日はありがとうございました」


　一緒にやっているのは前回と同じエディンバラさん。

　相変わらず本気でやっているらしく真剣そのものだが、やはりスノウの方が上手らしく手持ちの魚の数に大差が付いている。

　表情はあまり変わらないが、ちょっと悔しそうだ。

「あれがあの『終末の魔法使い』って恐れられたエディンバラだなんて……」

　頭を痛そうにしているマーリンさんだが、俺としてはなんだかんだで見慣れた光景だ。

「スノウ、ただいま」

「ぱぱ！」

　俺がそう言うと、スノウははっとして顔を上げ、嬉しそうな表情を見せた。

　急いで立ち上がろうとして、少し困ったようにエディンバラさんを見ている。

　どうやら遊びの途中であることに気付いたらしい。

　俺を見て、エディンバラさんを見て、また俺を見て……。

　相手のことを考えられる良い子に育ったもんだ、と俺が思っていると、エディンバラさんが優しく微笑んだ。

「私のことは気にせず行くと良い」

「うん！」

そしてスノウはそのままいつも通り俺にタックル。

最近威力が増してきた気がするそれを受け止めてそのまま抱っこをしてあげる。

「おかえりー」

「ただいま」

自分のほっぺをこすりつけながら全力で愛情表現をしてくるスノウを抱え直して、俺はマーリンさんたちを見る。

「すみません、最近いつもスノウの相手をしてもらってばっかり」

「いいさ、前も言ったが結構気に入っているんだ」

「スノウは良い子だしね」

「むふー」

たしかにスノウは可愛いけど、それでも元気いっぱいだからなぁ。

今も俺に抱きついているが、俺以外の人間だったら結構大変なことになるやつだったりする。

ちゃんと力加減が出来るので、レイナとかに抱きつくときは全力の手加減をするという器用なことをしているのだが。

「良いわね、私も子どもが欲しくなってくるわ……」

「ゼロスとかどうだ？」

「ねえエディンバラ。冗談でもそれは言わないで欲しいんだけど」

「いや、冗談のつもりではないのだが……」

「なお悪いわ」

喰い気味に否定するマーリンさんだが、俺もゼロスとの相性は悪くないと思うんだけどなぁ。

とはいえ、二人はライバルみたいなものなので、恋愛云々は違うのかもしれない。

「アラタはどう思う？」

「マーリンさんの睨みが怖いのでノーコメントで」

「そうか……」

ちょっとだけ残念そう。

マーリンさんからしたら絶対にあり得ない選択なのだろうし、これは仕方がないだろう。

「ままは？」

「おうちでご飯作ってるよ」

「そっか！」

大人たちの会話などまるで気にした様子もないスノウは、ご飯と聞いて小さくお腹を鳴らす。

「ぁぅ……」

「お腹すいたね。それじゃあ帰ろうか」

「うん。あ！」

トントン、と俺の頭を叩いて、下ろしてくれという合図を送ってくる。

一体どうしたのだろうと思って下ろすと、スノウはそのまま玩具のところに。

まさか今からまだ遊ぶ気なのか？　と思っていると自分の鞄に片付け始めた。

せっせと小さな身体で、一つ一つ拾っていく。

「ねえマーリンさん、あの子俺の子なんですよ」

「わかってるわよ」

あまりにも偉すぎると思って、ついそんなことを言ってしまう。

「手伝おうか？」

エディンバラさんが近づいてそう言うと、スノウはちょっと考える仕草をしたあと首を横に振る。

「エディお姉ちゃんは遊んでくれたから、お片付けはスノウがするよー」

「そうか」

軽く頭を撫でて、そんなスノウを見守るように見つめる。

「ねえマーリンさん、あの子俺の子なんですよ」

二度目だからか、マーリンさんは呆れたようにため息を吐く。

「アナタだいぶ親馬鹿になってきたわね」

いやだって仕方ないじゃないですか。

せっせと片付けをするスノウの愛らしさを全世界に見せびらかしたい。

「これでよし！」

そうしてリュックに玩具を詰め終えたスノウはそれを背負う。

玩具用のリュックは結構大きく、登山家のような格好になるのだが、幼く見えてもスノウは氷の大精霊。

力も強いので、体重が後ろにいくことなくしっかりしている。

「帰る準備できた？」

「うん！」

「それじゃあ、エディンバラさんも行きましょうか」

「……いや、止めておこう」

「え？」

一緒に帰るつもりだったのだが、彼女は首を横に振る。

「レイナと私の過去のことを考えたら、あの家に住むのはあまり良くないだろうからな」

「そう、ですかね……？」

「まあレイナはさすがに嫌なんじゃない？　いくら記憶をなくしてても、結構無茶な修行をさせられてたみたいだし」

当時のレイナたちのことを知っているマーリンさんがそう言うのであれば、やはり修行は相当過酷だったのだろう。

内容は俺も聞いていたが、すでに割り切っていると思っていた。

「あのね、いちおう言っておくけど七天大魔導っていうのはそんな甘い称号じゃないわ。才能だけじゃない。血の滲むような努力をしてきた天才たちを乗り越えて立つ頂点よ」

「……」

「だから、まだ二十歳にも満たない魔法使いがなったっていうのは本来あり得ないことなの」

血の滲むような努力と言われて、神様から貰ったチートを貰っただけの俺では想像も出来ないようなことだと理解させられる。

だからこそ、安易にそれをわかった気になってはいけないと思った。

——そういえば、俺の力についてレイナはなにも言ってこないな。

彼女には異世界から転生したことも、そして神様に会って力を貰ったことも全部伝えている。

それだけ努力をしてきた上での力なら、普通もっと俺に嫉妬とかしてもいいと思うんだけど、これまで彼女からそんな気配を感じたことは一度もなかった。

「まあそういうことだから、今日のところはこの人もこっちで預かるわ」

「今後のことについては、明日また鬼神族の里に行ってゼフィールとでも相談しよう。どうやら奴は私に忠誠を誓っているらしいからな」

たしかに、温泉でゼフィールさんと話をしていても、大変だということは伝わってきたがエディンバラさんを悪く言うことは最後までなかったっけ。

「わかりました。また力になれることがあればなんでも言ってください」

「ああ。アラタにはこれからも世話になることもあるだろうが、よろしく頼む」

「スノウもー！」

「そうだな。スノウもまた遊ぼうな」

記憶を失っているのに強い人だ。

レイナの話では何百年も生きた長命種であるらしいが、それらをすべて失ってなおこうして笑顔を見せられるのだから、本当に凄い人だと思う。

「それじゃあ二人とも、今日はありがとうございました」

「ばいばーい！」

マーリンさんの家から出て、先ほどの出来事をレイナに話すと、彼女は一言——。

「そう。まああの人は本当に強い人だから大丈夫でしょ」

特別な感情もなく、当たり前のようにそう言った。

第六章　古代龍族の住処の迷い人

翌日――。

「じゃあ行ってくるね」

グラムが助けたという女性のことを聞くため、俺は古代龍族の里に向かう。

北のアールヴの村を越え、そこから少し東。

普段であればのんびり歩いて行くところだが、今日は用事があるため飛んでいく。

しばらくして、目的地である古代龍族の縄張りである岩山が見えてきた。

「さて……」

彼らは他の種族に比べると縄張り意識と警戒心が強い。

遠目にもドラゴンが飛行をしているのが見えたが、俺の知り合いである保証がないため迂闊に近づかない方が良さそうだ。

とりあえず地上に降りて、岩山に向かって歩きながらこれからどうするか考える。

思えばこれまで、古代龍族の縄張りに入ってくることはほとんどなかった。

やってきたのもスノウの力を制御するために世界樹の蜜を貰いに来たときが最後か。

以前来たときはティルテュの背中に乗ってたから、どこにグラムが棲んでいるのかもわからない状態……。

「たしか、あの中央で一番高くそびえ立ってるのが、会議場みたいな場所だったよな」

あそこで古代龍族の長老たちが難しい話をしているのだ、とティルテュは言っていた。

俺の知り合いは基本若い子たちばかりなので、あそこに向かってもあまり意味がないだろう。

「とりあえず、ティルテュの住処に行って事情を話そうかな」

正確な場所は覚えていないが、たしか一番離れた岩山だったはず。

元々ボッチだったこともあり、場所もわかりやすいな。

少し遠いが、道中で知り合いにさえ会えればそれで問題ないだろう。

「あれ？　この気配……」

そんなことを思っていると、一匹のドラゴンがこちらに向かっているのがわかった。

この慣れ親しんだ力の強さはティルテュ。

どうやら俺に気付いて近寄っているらしい。

これは助かったと、俺は少し見やすい場所に移動すると——。

「旦那様ー！」

「おっと」

間髪を容《い》れず、ティルテュが凄い勢いで飛んできて、いつものように空中で変身しながら飛び降りてきた。

しっかりキャッチすると、彼女の尻尾のようなサイドテールが嬉しそうに揺れ動く。

まるで大型犬が甘えてくるような抱きつき方に、つい苦笑してしまった。

「むふぅー！」

「よくわかったね」

「我が旦那様の気配を間違えるわけがないではないか！」

そう言うが、結構な距離だったし、俺だって近づかないとティルテュの場所はわからなかった。

もしかしたら彼女の察知能力は俺以上なのかもしれない。

「ところで旦那様がなぜこんなところに……？」

「ああ、実は――」

「もしや我に会いに!?」

「グラムに会いに来たんだ」

「なんで我にじゃないのだぁー」

ティルテュはむすぅと頬を膨らませて不満げな表情をする。

「旦那様がこっちに来るなんてほとんどないのにぃ！」

甘えるように頭をこすりつけてくるのは可愛い。

ちょっと申し訳ない気持ちになったが、本当にグラムに会いに来ただけだからなぁ……。

「用事が終わったら、一緒にご飯でも食べようか」

「……うむ」

ティルテュは離れると、背を向けた。

表情は見えないが尻尾が左右に揺れているから機嫌も直ったみたいだ。

「しかし旦那様がグラムに会いに来るなど珍しいな」

「うん。ちょっと聞きたいことがあってね」

「それはもしかして、あの女のことか？」

「あ、ティルテュも知ってたんだね」

「うむ」

もしかしてティルテュもその女性と会ったことがあるのかな？　と思ったが、すぐにそれが違うと気付く。

「人間みたいだからマーリンたちの仲間かと思ったが、我はあんまり、その……」

「だよね」

今でこそ俺たちと仲良くしているティルテュだが、元々はボッチを極めていた少女だ。

新しく島外からやってきた人間に簡単に近づけるなら、ボチドラなどと呼ばれていない。

「実は他にも島の外から来た人がいてね。一緒に来た人なんじゃないかって話で確認しに来たんだ」

「なるほどな。今はグラムの住処にいるはずだから、我が案内しよう」

「ありがとう」

元々お願いしようと思っていたので丁度良かった。

そう思っていたら、なにかを考え始めると、俺に近づいてきて、無言でただ手を伸ばす。

「……」

「どうしたの？」

「……」

聞いても答えてくれない。

ただじっと手を差し出してきて、これは……繋げということだろうか？

とりあえず小さなその手を掴み、そのまま握ってみる。

「これでいいの？」

ティルテュは笑うと、そのまま横に並ぶように向きを変えて歩き出す。

嬉しいのはわかったけど、なんでなにも言ってくれないんだろう？

――まあまたマーリンさんの入れ知恵だろうけど。

別になにか困ることがあるわけではないので、そのまま歩き出した。

◇

ティルテュと歩いていれば、上空を飛び回っている古代龍族たちもなにも威嚇してこない。

以前と同じように、ただ遠巻きに見てくるだけだ。

「やつらはただの龍族だからな。我らのように話す知性はないが、力の差は感じているから襲いかかってこないぞ」

「そうなんだ」

神獣族の里に普通の獣人がいるように、古代龍族の住処にも龍族はいるらしい。

普通の龍族からすれば、古代龍族は神にも匹敵する力を持っていることは理解しているので、近づきすぎないよう距離を保つようだ。

「ティルテュと出会ってから結構経つけど、まだまだ知らないことばっかりだ」

「我だってまだ人間のことは知らないから、おあいこだな！」

「そうだね」

どうやら若い古代龍族の面々はだいたいが喧嘩に出て行ってしまっているらしい。

残っているのは長老たちだが、年老いた古代龍族は会議以外で住処から出てくることは滅多にないらしく、姿は見えなかった。

しばらく歩くと、ティルテュが一つの岩山を指さす。

中央の会議場とティルテュの住処を除けば、一番高い岩山。

この高さと古代龍族の力関係は比例するらしく、ティルテュを除けば若手で一番高い山に棲んでいるという。

——ティルテュより低くしてるってことは、やっぱり力は認めてるんだなぁ。

「グラムはあそこだ。人間の女の世話で喧嘩にも行く頻度を減らしてるみたいだから、今日は居ると思うぞ」

よく見れば上の方に円形の穴が空いていて、そこから中に入れるようだ。

「飛ばないと入れないいか」

「うむ」

ティルテュの背中が少しだけ光り、羽が生まれる。

俺も軽く魔力を使って浮遊すると、二人で上空へ飛んで穴に着地した。

「おおいグラムゥゥ！　我と旦那様が来たぞぉぉぉー！」

穴に向かっていきなり叫ぶ姿は、酔っ払った大学生が下宿先の友人宅を訪れたようだ。

もうちょっと言い方とかないかなぁ、と思っていると、穴の奥から一人の女性が現れた。

「あの、グラム様はお出かけをしてまして……え？」

「あ……」

女性は俺を見て驚いた顔をする。

俺もまた、なんとなく見覚えのある少女を見て、驚いた。

「君はあのときの――」

「あ、あああ！　貴方様は――」

まるで信仰する神に出会ったような表情で聖女の少女――セレスさんが感極まったように膝を突いた。

「現人神《あらひとがみ》アラタ様！」

その言葉に、俺は顔を天井に向ける。

岩山の天井は広く空いていて、その先には綺麗な青空が広がっていた。

◇

奥に案内されると、整理整頓された部屋が広がっていた。

どうやらグラムは用事があるからと出かけてしまって、帰りは遅くなるらしい。

丁度入れ違いになってしまったが、まあ目的の一人である女性と出会えたので良しとしよう。

「ど、どうぞそちらに！」

「ありがとうございます」

椅子に座って周囲を見回すと、壁一面に置かれている棚には宝石が綺麗に並んでいる。

ティルテュの家は結構雑多だったし、グラムもそんな几帳面な男には見えなかったので少し意外だった。

「その、私……ずっとアラタ様とお会いしたく……」

俺との再会がよほど驚いたのか、セレスさんは緊張した面持ち。

この子、俺のことを神様かなにかと勘違いしてるからなぁ……。

誤解は早めに解いておかないと、と思っていたらティルテュがセレスさんに近づいて行く。

「……」

「あ、あの？　なんでしょうか？」

ジロジロと睨み付ける様子は、威嚇しているようにしか見えない。

というか、実際に威嚇をしているのだろう。

「セレスと言ったな……貴様、旦那様とはどういう関係だ!?」

「え？」

「てっきりグラムの女だと思っていたから捨て置いたが、まさか我が夫（予定）に色目を使っている女狐だったとはな！」

「色目……？　っ――!?」

突然の言葉に困惑していたセレスさんだが、言われている意味を理解したのだろう。

彼女は顔を真っ赤にして否定し始める。

「つ、使っていませんよ！　そんな恐れ多いこと出来るわけがないじゃないですかぁ！」

「本当かぁ……？　そのおっきなおっぱいで誘惑する気なんじゃないのかぁ？」

「あ、んっ……」

疑わしい瞳で見上げるティルテュが、セレスさんの胸を下から押し上げ始めた。

「ん……アラタ様は神様ですから、このようなモノには興味は、ん……持たれませんから」

「ほうほうほう」

「んん……」

恥ずかしいからか、凄まじく色気を持った我慢するような声。

いや普通に興味あるよ、とは言えない空気になってしまった……。

あとティルテュ、ちょっと興味深くなっちゃったのはわかるけど、それ以上したら本当に不味いからね。

「ほら、そこまで」

「むっ？」

両脇に手を入れて、そのまま持ち上げて後ろに撤退させる。

そのまま俺の横に座らせたのだが、まだ疑っているようにセレスさんを見ていた。

「すみません。この子、まだ人が苦手で」

「旦那様の女関係をチェックするのは、嫁の役目なのだ」

またマーリンさんから学んだことだろうけど、ちょっと偏ってるからあんまり悪い影響は受けないで欲しいなぁ。

「えっと、先ほどから気になっていたのですが、夫や嫁というのは？　アラタ様にはレイナ様という美しい伴侶がいるはずでは……」

「なぬぅ!?　レ、レイナはたしかに良い女だ！　ご飯も美味しいし、優しいし、身体もエロい！旦那様も良くいやらしい目で見てる！」

「そんな事実はない」

余りに風評被害なことを言うのでツッコミを入れるが、ティルテュは意に介した様子もなく声を上げ続ける。

「だが我だって正妻になるために色々と頑張ってるのだぞ！」

「そ、そうなんですね！　それは大変失礼しました。よくよく考えれば現人神であるアラタ様の夫人が一人なわけもなく――」

そしてこっちはこっちで、なんだか勘違いが加速している気がするし……。

レイナ本人が聞いたら滅茶苦茶顔を紅くしそうなやりとり。

男の俺もなんとなく間に入りづらい会話だ。

とはいえ、このままだと話が進まないどころか、変な方向に飛んでいきそうなので、暴走している二人の間に入ることにした。

「あのさ、もうその辺で止めて貰っても良いかな……」

「「あ……」」

俺が気まずそうにしていることに気付いた二人が、ようやく言葉を止めてくれる。

「とりあえずちゃんと自己紹介から始めよう」

「そ、そうですね」

顔を赤くしたセレスさんは、軽く髪に触れてから姿勢を整える。

「改めて、私はセレスと申します。以前アラタ様に、助けていただいた……」

「久しぶりですね」

「はい、ずっとお会いしたいと思っていました」

セレスさんがそう言うと、再びティルテュが睨む。

とはいえ、今度はちゃんと話を進めるつもりがあるらしく、横から口出しはしなかった。

「……ティルテュ。古代龍族で、旦那様の嫁だ」

「ちょっと人見知りしますけど、可愛い子なので良ければ仲良くしてあげてください」

「あ、はい」

ちゃんと挨拶出来たのは偉いけど、視線が微妙に横に向いてるんだよなぁ。

とはいえ、これでも成長した方か。

嫁云々は訂正したいところであるが、ここでそれを言うとまたこの子が拗ねちゃうので後で説明しよう。

「俺はアラタです。この島に流れ着いて、今は結構楽しく過ごしてます」

「あの……私に敬語などは必要ありません。アラタ様は神なのですから……」

「……とりあえず、そっちの誤解はちゃんと解消しておこうか」

俺は自分がたまたま強い力を持って生まれただけの人間であることを伝える。

人間、と言ったときのティルテュの視線が若干気になったが、たとえ最強種たちより頑丈な身体を持っていても人間なのは変わらないんだよ。

レイナとはこの島で出会い、家族として一緒に生活をしているけど伴侶というわけではないことを伝える。

「それに、ティルテュともその後に出会ったんだよね」

「うむ！　熱烈なプロポーズを受けたのだ」

「ええ!?」

「あの、それなんだけど……」

敬語は不要、ということだったので止め、普通に会話をするように一つ一つこの島であった出来事を話していく。

色々と話していると、セレスさんの緊張も若干解《ほぐ》れてきたのか相づちも柔らかくなる。

そして最後まで聞いたセレスさんが、感心した様子を見せた。

「そうだったのですね……」

「うん。だから神様とかじゃないんだ。ごめんね」

「ア、アラタ様が謝るようなことはありません！　それに、私たちの命を助けてくれたことは間違いないのです。ずっと、ずっとお礼を言いたかった……！」

そうして、セレスさんは俺と別れたあとの出来事を教えてくれた。

レイナたちが出会ったのは聞いていたが、まさか途中でヴィーさんも召喚していたとは……。

――というか、滅茶苦茶苦労してきたんだなぁ。

勇者と聖女と魔女。

三人の旅路はとても大変なものだったが、それでも人々のためになるならと戦い続けてきた。

それが信じていた教会の裏切りで、犯罪者の烙印を押されたなんて……。

俺だって、ブラック企業で働いてるときに上司に裏切られて失敗を押しつけられたら、メンタルをやられる自信がある。

セレスさんはもっと酷い目に遭ったのに、強いなと思った。

「頑張ったんだね」

「っ――!?」

突然、セレスさんが涙を流す。

「え？　あ、その……これは、違くて……」

ぽろぽろと零れる涙が机を濡らし、それを必死に拭おうとするが止まる気配はない。

少しして嗚咽《おえつ》交じりの声が洞窟に響き渡った。

「ヴィルヘルミナ様が、おっしゃっていたのです。縁があればまた貴方様に会えると。それを心の支えにずっと頑張ってきたから……その……うぅぅ」

「……」

まだ少女と言ってもおかしくない年だろう。

ずっと神の試練だと思い、乗り越えられるものだと気丈に振る舞ってきたのだろう。

俺と出会うことで目的を達成し、これまで抑えてきた心の壁が一気に壊れてしまったのか、セレスさんは涙を流し続ける。

「おかしいな。嬉しいのに、涙が止まらない……」

「おい、セレスと言ったな」

突然、俺の隣に座っていたティルテュが立ち上がると、セレスさんの方に行く。

「その涙を我は知っているぞ」

「え？」

「それはな、嬉しいときに流れる涙だ」

それは以前ティルテュがまだ古代龍族と鬼神族の喧嘩に交ぜて貰えず、一人きりだったときのことを言っているのだとすぐにわかった。

「我もそうだった。涙が止まらなかった」

俺が間に入り、そして彼女も一緒に喧嘩が出来るようになった。

そしてみんなで一緒に宴もして、ティルテュは笑顔で涙を流し、嬉しいと言った。

「でも、流し終えたときは嫌な気持ちなんてなくて、心が軽くなったのだ」

ぽんぽんと、セレスさんの背中を優しく叩きながらティルテュは自分のことを語る。

「だから我慢なんていらん。今は全力で泣くがいい」

「あ、う、え……あぁぁ！」

その言葉が最後の切っ掛けとなったのだろう。

セレスさんはまるでダムが決壊したように、声を上げながら大泣きし始める。

まるで、子どものときに戻ったように……。

◇

しばらく号泣していたセレスさんは落ち着きを見せ、赤く腫れた目元から柔らかい笑みを浮かべる。

盛大に泣いたからか、だいぶすっきりした顔だ。

「恥ずかしいところをお見せしました……」

「だから恥ずかしいことなどではないと言っておるだろうに」

「そうでしたね」

セレスさんの言葉にティルテュが訂正する。

スノウと遊んでくれたりと、この子は結構面倒見がいいんだよな。

ルナなんかは自分が楽しければなんでもいいって感じだけど、ティルテュはよく周りを見ている感じ。

――成長したなぁ。

なんてちょっと父親気分で見てしまう。

先ほどの件があるからか、セレスさんのティルテュに対する距離感もだいぶ近くなったような気がした。

「そういえば、この島にはいつ頃やってきたの？」

「一週間ほど前です。気付くと一人、この近くの森で気絶をしていて、魔物に襲われているところをグラム様に助けて頂きました」

「そっか」

となると、ゼフィールさんとほぼ同じ時期かな？

エディンバラさんは直近だったけど、もしかしたら彼女だけ時期がずれてしまっていたのかもしれない。

「ここが最果ての孤島だというのはわかったのですが、出てくる魔物があまりにも常軌を逸していて私一人ではとても身動きが取れず……」

「まあそうだよね」

その辺りはゼフィールさんと同じ。

古代龍族の住処であれば、魔物も簡単には近づいてこないし安全だと案内されたそうだ。

グラム以外の古代龍族たちもたまに様子を見に来てくれ、親切にもしてもらった。

そんなこともあり、この島のことを知るまではここで世話になることを決めたらしい。

「あいつらが親切に？」

ティルテュが訝《いぶか》しげな表情を作る。

古代龍族の子たちは結構排他的な性格をしているうえ、自分より弱い者にはあまり興味がない。

だから親切にしていると聞くと、俺も少しだけ疑問が残る。

「あ、はい。私がアラタ様の名前を出したからかもしれませんが……」

「ああ、なるほど」

「あやつら……」

たしかに俺の知り合いと言えば、みんな良くしてくれるかもしれない。

ティルテュは呆れた様子だが、人の縁というのは大事ということだ。

「あれ？　だったらなんでグラムは俺の家に来なかったんだろ？」

「それは多分、私が高熱を出してしまい、その間付きっきりで看病してくださったからだと思います」

「へぇ……」

セレスさんは助けて貰ってから数日、ずっと倒れていたらしい。

譫言《うわごと》のように俺の名前を出したこともあり、グラムたちもとりあえず治るまで面倒を見ようと決めたそうだ。

快復したのも先日で、ようやくグラムたちにもちゃんとした説明が出来、そして――。

「今ちょうど入れ違いになっちゃった？」

「かもしれません」

この状況でグラムが出かけるとしたら、俺の家だろう。

なんてタイミングが悪いのか……。

「仕方ない。一回帰ろうか」

もしかしたらまたすれ違いになってしまうかもしれないが、ここで待っていると日が暮れてしまう。

最悪また明日会いに行けば良いし、と思っていると――。

「あの、私も一緒に行って良いでしょうか？」

「それは……」

万が一すれ違ったとき、家にセレスさんがいないとグラムも焦るんじゃないだろうか？

そう思ったが、彼女の瞳を見ていると駄目とは言いづらい。

「まあいいのではないか？」

「ティルテュ？」

「とりあえず、近くに棲んでいる誰かに言付けをしておけばいいだろう。我が言ってくるから、ちょっと待ってるのだ」

ティルテュはそう言うと、グラムの家から飛び出る。

前は他の古代龍族に話しかけるだけでも涙目になっていたのが嘘のようだ。

「ティルテュちゃん、良い子ですね」

「そうだね。この島の人たちは強い力を持ってるけど、みんないい人ばっかりだよ」

そういえば、彼女は俺のことを現人神と呼んだけど、この島には実際に神様みたいな人は結構いるよなと思う。

スザクさんや大精霊のみんなもそうだろうし、ヴィーさんだって吸血種族からしたら神様みたいなものだけど、大丈夫だろうか？

「そういえば、セレスさんの仲間の二人は……」

「……大丈夫です、きっと」

つい言ってしまい、しまったと思う。

彼女だってこの島の危険性はよくわかっているはずだ。

そんな中で大切な仲間と逸《はぐ》れて、最悪な事態を想定していないはずがない。

だがセレスさんは俺に対して笑顔を見せる。

「あの二人は、私なんかよりもずっと強いですから！」

「そっか」

強い、という言葉の意味が単純な戦いの強さでないことはすぐにわかった。

信頼しているんだな、とも思う。

——でも、早めに見つけないと……。

この島の魔物は大陸に比べて強く、来たばかりのゼロスたちでは歯が立たなかったくらいだ。

セレスさんやゼフィールさんみたいにどこかで保護されていない限り、不味い状況にもなりかねない。

そんなことを考えていると、ティルテュが戻ってきた。

「これで大丈夫だ。それじゃあ行くぞ！」

「あ、ティルテュ」

「ん？」

「ドラゴンに変身して貰ってもいい？　セレスさん、飛べないみたいだからさ」

別に俺が抱えても良いのだが、なんというかセレスさんは女性として結構良い体つきをしているので、あまりよろしくない気がする。

　ティルテュやルナであれば子ども扱いも出来るのだが、さすがに彼女は駄目だろう。

「……旦那様、今なにを考えた？」

「なにも？」

「ふぅーん……」

　ジトーと疑いの目で見てくるが、これればかりは言えないから諦めて欲しい。

　幸い、セレスさんは俺の思っていることを理解していないのか、特に気にした様子はなかった。

第七章　闇の牢獄にて

「わはははははー！」

「す、凄いです！　まさか自分がドラゴンに乗ることになるなんて！」

　ドラゴンとなったティルテュが高笑いをしながら空を飛ぶ。

　結構な速度が出ており、俺も一緒に乗ってセレスさんが吹き飛ばないように後ろから支えているが、彼女は気にした様子もなく楽しそうだ。

「それにこの光景……とても綺麗」

　上空から島の景色を見たセレスさんは、感動した様子。

　俺もスザクさんの背中から初めてこの光景を見たとき興奮したので、気持ちはよくわかる。

「我の速度なら、あっという間に着くが……」

　セレスさんに気を遣ったのだろう。

　ティルテュが徐々にスピードを落とし、流れる景色もゆったりとしたものに変わっていく。

　俺も改めてこの島を見渡すと、以前よりも知った場所がどんどんと増えていて、少し楽しい気持ちになってきた。

「北と東の方は、だいたい行ったなぁ」

神獣族の里に鬼神族の里、アールヴの村やヴィーさんが住んでいる城などは全部そちら側だ。

逆に、島の南側にあるはずのハイエルフの里。

——色々なことが片付いたら、今度こそ挨拶に行ってみようか。

セレスさんの仲間の二人、それにまだ見つかっていない七天大魔導の二人もか。

この島で誰かが傷つくようなことはあって欲しくないから、まずはそちらが優先だけど。

それに、サクヤさんのこともサポートしないとだし……。

「やらないといけないことは多いけど、頑張ろう」

それがきっと、俺の夢に繋がってるはずだから。

◇

ティルテュの背に乗って家に着くと、外ではレイナたちがこちらを見上げていた。

その中にはグラムもいて、地上に降りると近づいて来る。

「よう兄貴、邪魔してるぜ」

「いらっしゃい。入れ違いにならなくてよかった」

「だな。何度も往復するのは勘弁だからよ」

俺たちがそんなやりとりをしている横では、セレスさんがレイナに挨拶をしている。

どうやらレイナも事情は聞いているようで、一緒に連れてきたことに驚いている様子はなかった。

ただセレスさんの感激した雰囲気にはレイナもだいぶ押され気味の様子。

家に入るとスノウが一人で遊んでいた。

「スノウ、ただいま」

「おかえりー……」

俺に気付いたけど近づいてくる様子はない。

しかし――。

「――あっ!?」

自分の遊びに戻ろうとしたところでティルテュに気付き、ばっと驚いた顔で再度振り向く。

「旦那様……」

「うん、ありがとうね」

「まだ我なにも言ってないが!?」

すでに瞳を輝かせて突撃準備をしているスノウを見れば、この後の出来事など手に取るようにわかる。

そしてすでにティルテュもその未来が見えているのか、諦めた表情だ。

「ティールーテューちゃぁぁぁぁぁぁぁん！」

「ぬあああああ!?」

凄まじい勢いで飛んできたスノウに吹き飛ばされ、悲鳴を上げるティルテュ。

そんな彼女はティルテュを置いて、リビングのソファでこれまでの状況を話し合う。

とはいえ俺はセレスさんから、レイナはグラムからこれまでの状況を聞いているので改めて確認しただけだが。

「それで、セレスさんはこれからどうする？」

結局のところ、話の着地点はそこになる。

このままグラムのところにお世話になるならそれはそれでありだと思うが、ただの人間があそこで生活をするのは結構大変そうだ。

「そう、ですね。アークたちを捜しに行きたいのですが、私一人でこの島を回るのはとても出来そうになくて……」

「ねえアラタ」

レイナはなにか言いたげな表情で俺を見る。

多分、手伝ってあげたいと思っているのだろう。

「セレスさんの仲間を捜すのは手伝うし、それまでは家にいたらいいよ」

「あ、ありがとうございます！」

「古代龍族のやつらにも、人間を見つけたら兄貴の家に連れてくるように言っとくわ」

「ありがとうグラム」

鬼神族の里にはゼフィールさんもいるし、あとで神獣族の里に言ってエルガかスザクさんにも伝えておこう。

あそこの人たちなら悪いようにもしないだろうし、ちゃんと保護とかしてくれるはず。

「あとはアールヴの村と大精霊様たちにも言っておこうか」

俺がティルテュにくっついているスノウのところに行くと、周囲に誰かいないか聞いている。

「えーとねぇ……じいがいるよ」

あそこ！　と指さした地面にはうっすら緑色の光がある。

近づくと緑の光が消えたが、気配はまだそこにあるので目を閉じただけだろう。

なんでいつもバレバレなのにいない振りをするんだろう？

「ジアース様、多分聞いてたと思うんですけど、もし見覚えのない人間がいたら保護してあげてくれませんか？」

「……」

「よろしくお願いしますね」

あえて返事は聞かない。

本人的には自分はいないものとして扱ってくれという態度だが、俺たちのお願いを無下《むげ》にするような人でないことはこれまでの付き合いでわかっていた。

「あの、アラタ様。今のは？」

「えっと、それもまた改めて説明するね」

俺は以前エルガからもらった地図を出して、この島の状況をわかる範囲で説明していく。

普段あまりこういうことに関心がなかったのか、グラムも興味深そうに覗き込んできた。

本当はサクヤさんのこととか話したいのだが、さすがに今は人命優先だ。

「とりあえず、俺はアールヴの村と大精霊様の住処に行ってくるね」

「私は神獣族の里かしら」

「そう、だね……」

いちおう、神獣族の里と俺たちの住んでいる森は道を作っているので、魔物たちはあまり近づかない。

安全ではあるのだが、どんなイレギュラーが起きるかわからない以上、誰かが護衛に付いて欲しいところだけど……。

「だったら俺が姉貴を守るぜ」

「それなら安心だけど、グラムって神獣族の里に近づいても大丈夫？」

「まあルナとかエルガとかがいるなら大丈夫だろ。姉貴もいるしな」

「そっか。それじゃあお願いしようかな」

この島には縄張り争いとかがあるわけではないけど、ある程度の線引きはされてきた。

俺が来てからは結構曖昧になっている部分でもあるが、それでもいきなり古代龍が現れたら向こうも驚くかもしれない。

ティルテュが行ければ一番安心だったが、彼女にはスノウと遊ぶという使命がある。

と思ったところで、アールヴの村に行くならスノウも連れて行ってあげようかなと思った。

「スノウ、スノウー」

「なーにー？」

玩具の置いてある遊び部屋に声をかけると、スノウがこちらにやってくる。

「この後アールヴの村に行くけど、スノウも行く？」

「んー」

「カティマとかにも会えるよ」

「行く！」

まあカティマは結構な頻度で遊びに来るから今更かもしれないと思ったが、意外とそうではないらしい。

もしかしたら村まで行って会うのはまた別で、夏休みに祖母の家に遊びに行くわくわく感みたいなものかな？

「ティルテュはどうする？」

「わ、我はしばらく休む……」

スノウの遊びに付き合ったからか、すでに満身創痍状態。

最強種の彼女をこの短期間でここまで消耗させるとは、我が娘とはいえ恐ろしい子だ。

「それじゃあもし誰かが遊びに来たら、事情を伝えておいてくれる？」

「……うむ」

あとはマーリンさんたちにも伝えておこう。

彼らからしたらセレスさんたちは味方とは言わないが、それでも同郷。

それにこの島に来た以上、もうこれまでの身分とかしがらみとか、そういうのはなしで考えて貰いたい。

マーリンさんの家に入るとゼロスもいたので、丁度いいやと事情を説明する。

「それならついでに、カーラたちも捜してもらえるかしら？」

「セティはともかく、カーラは放っておくと面倒だからなぁ……」

カーラ・マルグリッドとセティ・バルドル。

七天大魔導の残りの二人で、ペアで動くことが多いそうだ。

外見年齢はどちらも二十代半ば。

カーラさんは長い金髪をウェーブにして、紅い修道服を着ている。

セティさんは緑色の髪で目立つが、普段は白い鎧《よろい》に兜《かぶと》を被っているため、わからないかもしれないとのこと。

まあこの島で鎧なんて着ている人はいないので、どちらもすぐわかるだろう。

「それじゃあ見つけ次第保護して、ここに連れてきますね」

「ええ。あんなのでも同僚だし、死なれたら寝覚めが悪いからお願い」

「まあ見つけたらでいいぞ。あいつらだって七天大魔導だ。自分の身くらい自分で守るし、駄目だったらそこまでだったって話だからな」

セレスさんがアークさんたちを心配するのに比べると、あっさりした反応。

おそらく仲間というほどでもなく、ドライな関係なのだろう。

――レイナも最初は、この二人に対してそんな感じだったしなぁ。

まあそれもこの島で一緒に生活を続けていけば変わるかもしれない。

七天大魔導のみんなも仲良く出来た方が良いに決まってるし、そうなれるよう協力しよう。

「ぱぱ、まだ行かないの？」

「ああ、ごめんね」

抱っこをした状態のスノウがちょっと不満そうな声を出す。

どうやらスノウは俺が思ってる以上にカティマのところに行くのが楽しみらしく、早く行きたいみたいだ。

――そういえば、なんだかんだ里帰りって初めてだもんなぁ。

ついでにシェリル様たちのところに行くか。

ジアース様には頼んだけど、アールヴの村まで行っておきながらシェリル様の神殿に寄らなかったのがバレたら後が怖いし……。

そんなことを思いながら、俺たちは北に向かって飛び出した。

◇

スノウを抱えながら北に飛んでしばらくすると、崖が見えてきた。

断崖絶壁とも言えるそこには複数の穴が空いており、アールヴの村人たちが住んでいる場所だ。

以前来たときはワイバーンなどが空から村人を狙っていたが、今は大精霊様たちが守っているからかその姿はほとんど見えない。

その代わり、小鳥などが空を飛んでいて以前より柔らかい雰囲気を感じる。

「よっと」

地上に降りると、作業をしている若いアールヴたちがこちらに気付いた様子で近づいてきた。

その顔はみんなとても嬉しそうだ。

「スノウ様！」

「みんな、スノウ様が遊びに来たぞ！」

「っ——!?」

俺の腕に抱えられたスノウは、いきなり囲まれてちょっと嫌そうに顔を隠してしまう。

前にアールヴの村にいたときは平気だったんだけど、久しぶりに大勢に囲まれて、人見知りを発揮しちゃったのかな？

「大丈夫だよ」

「ん……」

背中を軽く叩いて安心させるが、中々顔を上げない。

「すみません。ちょっと今は……」

「はい……こちらこそいきなり集まってしまい申し訳ありません」

近くのアールヴの青年に事情を説明して、俺たちを囲っている人たちには一度解散してもらう。

ただやはり彼らにとって大精霊というのは神に近い存在だからか、遠目からでも気になる様子は見せていた。

色々と聞きたいことがあるんだけどなぁ、と思っていると、見慣れたツインテールの少女が近づいてくる。

「スノウ様、それにアラタ！」

「あ、カティマ」

「っ——!?」

顔を隠していたスノウが慌てて振り向くと、いつものように叩いてきた。

下りる合図だな、と地面に下ろすとそのままカティマに突撃して行く。

「カーティー」

「す、スノウ様！　ちょっとスピードを落として――！」

「マー！」

「うげぇっ!?」

女の子とは思えない鈍い声を出しながら、それでもスノウを潰さないように倒れるのは耐えたカティマ。

彼女は頑丈だが、それでもティルテュのようにこの島でも最強クラスの強さを持っているわけではない。

それでも耐えたのはその忠誠心ゆえのことだろう。

明らかに辛いのを隠しつつ、にっこりと微笑みながらスノウの頭を撫でる。

「スノウ様、ようこそいらっしゃいました」

「うん！　遊びに来たよー」

「そうですか。それはみんな喜びます」

周囲を見ると、羨ましそうな視線。

そんな中で、一人の少女が近づいてくる。

「スノウちゃん！」

「あ！　ミーアちゃん！」

以前俺がワイバーンから助けたアールヴの少女だ。

名前は聞いていなかったが、ミーアと言うらしい。

この村でも一番スノウと年齢も近く、仲良しになって氷の彫像なども渡していた。

「ねえぱぱ。遊んできてもいーい？」

少し甘えたような声を出しておねだりしてくるスノウに少しだけ考える。

周りにはアールヴの人たちがたくさんいるし、なんとなくグエン様の気配も感じるからどこかでこちらを見ているのだろう。

以前のようにワイバーンもいないので、危険もないはずだ。

「うん、いいよ」

「やったー！　それじゃあ行ってくる！」

「村の外には出ちゃダメだからね」

「わかってるもーん！　行こ！」

「うん！」

子ども同士手を繋いで走って行く様は見ていて微笑ましい。

大人のアールヴたちも柔らかい笑みを浮かべてそれを見守っていた。

カティマもそれを見送った後、俺に振り向く。

「それで、急にどうしたんだ？」

「ああ。実は……」

ここ最近の出来事について話をして、誰かこの村に流れ着いていないか聞いてみる。

エディンバラさんが海岸、ゼフィールさんが鬼神族の里、セレスさんが古代龍族の住処にいたことを考えると、この辺りにいてもおかしくないと思うんだけど……。

「いや、多分こっちに人間は来てないな」

「そっか」

「アールヴもだが、神獣族たちだってもし見慣れない人間がいたら、最初にアラタたちのところに案内すると思うぞ」

たしかに、セレスさんは熱を出してしまったことが原因で案内が遅れたが、俺の知り合いなら家まで案内してくれる気がする。

ということは、神獣族の里に行ったレイナたちも無駄足かも……。

「まあでも事情はわかった。もし人間がいたらアラタたちの家まで送ろう」

「うん、そうして貰えると助かるかな」

エディンバラさんたちは同じ船に乗ってきたが、それでもやってきたタイミングが違っていた。

ということは、これからやってくる人もいるかもしれないのだ。

「今日ここにいるのってグエン様だよね？」

「ああ。会っていくか？」

「うん。ジアース様にはもう伝えたけど、二人にも一応言っておかないと……」

特にシェリル様は容赦がないので、ちゃんと伝えておかないと大変なことになりそうだ。

まああの人はスノウに甘いから、連れて行ったら多少穏やかに話も聞いてくれるだろう。

「そういえば、本当は今日って闇の大精霊様の担当なんだ」

「え？　そうなの？」

「ああ。だけどなにか用事があるからって、火の大精霊様に代わって貰ったらしい」

担当、というのはアールヴの村を守る順番のことだろう。

グエン様、ジアース様、シェリル様の三柱の大精霊たちは、彼らを信仰するアールヴを守るためにこうしてやってくる。

以前はスノウの件があったから彼らも来られなかったが、そうじゃなかったらルーティンで見守りに来てくれるはずだった。

「だから、もしかしたらなにかあるのかもしれない」

「うーん、ならグエン様に聞いてみるよ」

俺が自分の感覚を研ぎ澄ますように集中すると、村の一部にある炎の中から強い力を感じた。

「あそこか。ちょっと行ってくるね」

「ああ。お前に関しては気を付けろもなにもないから、カティマは言わないぞ」

——いちおう、強力な力を持った大精霊様に会いに行くんだけどなぁ。

俺からしたらただ孫に甘いお祖父《じい》ちゃんという印象しかないし、以前あれだけ恐れていたカティマもだいぶ慣れてきたのか、だいぶ気軽になった雰囲気。

村の一角にある松明《たいまつ》の前に立つと、炎の中から瞳が映る。

「なんだアラタ？　ワシは今忙しいんだが？」

「スノウのこと見てるだけでしょ」

「お前と違って四六時中一緒にいれねぇんだ。遊びに来てくれた日くらい良いだろうが」

「質問に答えてくれたら、今度スノウに、抱っこして貰えば？　って言ってあげますよ」

俺がそう言った瞬間、グエン様は炎の中から飛び出して姿を現す。

「で、なんの用だ？　炎の大精霊グエン様がなんでも聞いてやるぜ」

俺よりもずっと大きな身体に炎を纏ったその姿はとても力強く、炎の王と言われても納得のいくものだ。

もっとも、出てきた理由がただの祖父馬鹿だけど。

「シェリル様がなにしてるか知ってますか？」

「あん？　知らねぇよ。なんか急にワシに村を守るの代われって言ってきてな。まあ前の借りもあったから代わったが……」

「そうですか」

「気になるなら行けばいいだろ。他のやつならいざ知らず、お前なら大丈夫だろうしな」

そうは言うが、俺的にシェリル様ってなんか逆らったら怖い感じがして苦手なんだよなぁ。

戦えば負けないかもしれないけど、こういうのって本能的なものの気がするし、いざとなったらスノウに頑張って貰うか。

「わかりました。それじゃあこのあとシェリル様のところに行ってみますね」

「おう。あ、そういえばお前、人間捜してるんだったよな？」

「はい。でもみんな心当たりはないって……」

「なんか南の方が騒がしいから、気が向いたら行ってみたら良いと思うぜ」

「南……」

以前行った森の方だろうか？

だがあそこにはなにもなかったような……。

「あっちの大精霊やハイエルフは隠れてるから見つけ難いだろうけどな」

「前に行ったときはなにも見つけられなかったんですけど、結界でも張ってるんですか？」

「ああ。だがスノウを連れて行けば多分自分たちから出てくると思うぜ」

そういえば、大精霊はスノウを除くと六柱いるんだった。

北に闇、火、大地。

ハイエルフが信仰しているのが南の三柱だということで、その力で守られているらしい。

シェリル様たちから見ても可愛い孫のような扱いだから、南の三柱も同じように思っているのかもしれないな。

南に光、風、水。

「お前らが捜してる人間も、そこに紛れ込んでる可能性があるんじゃねぇかな」

「そうですか。ならそっちも捜してみますね」

「おう」

とりあえずシェリル様に挨拶だけしておこう。

大精霊様の中でも一番真面目なあの人が、自分の立場を置いて引き籠もっているのも気になった。

「ところで、スノウは置いていってもいいんだぜ」

「そんなことをしたら俺、シェリル様に殺されちゃいますよ」

「どうせ死なねぇだろお前は」

それくらい酷い目に合わされる、という話だ。

というか、大精霊様まで俺のことを自然と人外扱いしてくるのは勘弁して欲しいなぁ。

◇

軽くお昼を食べてからスノウを連れてさらに北、火山地帯を越えてシェリル様の住んでいる谷に辿り着いたのだが……。

「あれ？　なんでまた闇の牢獄が？」

以前俺が吹き飛ばしてからは闇の牢獄も展開していなかったはずなんだけど、今はなぜか復活していた。

「ばぁば、なにかやってるのかなぁ？」

「ね？」

俺と同じ姿勢で崖を見下ろすスノウと顔を見合わせながら、不思議だねえと声を揃える。

しかし困った。

「このままだと、また前みたいに降りてから吹き飛ばさないといけなくなっちゃう――」

――それしたらぶっ飛ばすわよアンタ。

「え？」

「ばぁばの声だ！」

そんな声に反応した瞬間、俺たちの視界は一瞬ゆがみ、そして気付けばシェリル様の神殿の中にいた。

目の前には古代のコロシアムを模したような空間で、以前グエン様とジアース様が捕らえられていた場所だ。

ちなみに、俺も無理矢理突っ込まれたこともあって、あまり良い思い出のない場所でもある。

「まったく、ふざけたこと考えるんじゃないわよ」

「あ、シェリル様。こんにちは」

「ばぁば！」

「いらっしゃいスノウ」

ナチュラルに俺の挨拶をスルーするのはちょっと悲しいから止めて欲しい。

スノウはスノウで久しぶりに会うシェリル様に甘えるように抱きつくし、パパはちょっと寂しいよ。

シェリル様は凛とした瞳の中に優しさを見せてスノウを抱っこする。

普段からこれくらい優しげだったら俺たち――主に俺とグエン様とジアース様も怖がらなくて済むのになぁ。

「アンタたちは普段からふざけすぎなのよ」

「あ、はい……」

まあ否定出来ない。

「あはは！　ぱぱ怒られてるー！」

「怒られて凹んでるからね。指さして笑っちゃ駄目だよ」

まあスノウも本気で怒られているとは思っていないのだろう。

せいぜい家でレイナとコミュニケーションを取っている程度と思っているはずだ。

「それはそうと、なんかシェリル様が妙なことをやってるって聞いたんですけど」

「妙なことって……別に大したことはしてないわよ」

そう言って視線を闇の牢獄に向ける。

俺からしたらこの魔法を使っている時点で結構大したことだと思うのだけど……。

「なんか変な侵入者がいたから、捕まえただけ」

「……侵入者？」

「ええ。ちょっと厄介な魔法を使うものでね。殺しても良かったんだけど、外からの人間を殺してあんたらの関係者だったら面倒だから闇の牢獄に放り込んだのよ」

「それは……」

ずいぶんと、俺たちに気を遣ってくれたらしい。

多分出会う前だったら問答無用で殺していたはずだけど……。

「アンタを怒らせたら、スノウが泣くでしょ」

「あはは。そうですね」

理由がどうあれ、気にしてくれたのはありがたい。

「人間、か……」

俺はゆっくりとコロシアムに浮かぶ黒い球体を見る。

一度入ったからわかるが、あの上下左右どちらを向いてるのかすらわからなくなるあの空間は、普通の人間には結構しんどい場所だ。

「あのですね、もしかしたら俺の友人の知り合いかもしれないいんですけど」

「それってただの他人じゃない？」

「そうなんですけど……ちょっと解放してあげてくれませんか？」

「アンタが来たら押しつける気だったんだけど……」

シェリル様はなんだか悩ましげな表情を作る。

誰が捕まっているのかわからないが、この島の、しかも最強種の一角であるシェリル様がこんなに悩むなんて何事だろうか？

「解放したあと、この神殿を傷つけたらアンタの責任にして虐めるけどいい？」

「……」

「そこは即答しなさいよ」

「いや、シェリル様のお仕置きってなんか怖いですし……」

とはいえ、このままでは話が進まない。

仕方ないのでその条件を受け入れて、闇の牢獄から解放してもらおう。

「ところで、侵入者ってどんな人だったんですか？」

「二人組の人間の女よ」

たしか、七天大魔導の残りの二人は男女ペアで、セレスさんの仲間も男女ペア。

「また面倒な予感がするんですけど」

「その面倒をアンタが解決するのよ。ほら、行ってきなさい」

「あ……」

以前のように、いつの間にか黒い空間の真上に飛ばされてしまう。

どうせ空を飛んでも重力魔法で落とされるんだろうなと諦めた俺は無駄な抵抗もせずに、そのまま闇の牢獄へと入っていった。

◇

——相変わらず、ここはなんか変な感じだな。

深い海に沈んでいるような、宇宙空間に入れられたような、そんな不思議な感覚。

光を通さない場所のはずなのになぜか視界は明瞭で、しかし無限に距離があるからかなにも見えない。

グエン様たちが喧嘩をしていたときみたいに魔力をまき散らしてくれたら見つけるのも楽なんだけど……。

「あ……」

なにも見えないが、離れたところに小さな気配を感じた。

多分これがシェリル様の言っていた侵入者だろうと思い、そちらに向かう。

しばらくして、遠目から二人の人物が見えた。

一人は、見たことのない紅い修道服を身に纏っているシスター。

レイナたちからの話を聞く限り、彼女がカーラ・マルグリッドさんだろう。

もう一人は赤いリボンで黒い髪をツインテールにしている、魔法使いらしい格好。

あちらの少女は見覚えがある。

「おーい！」

二人はなにやら言い争いをしている様子だったが、俺が声を上げると同時に振り向いて武器を構えた。

どうやら敵とでも思ったらしいので、危害を加える気はありませんよと両手を振ってアピールをする。

「「――」」

近づくと攻撃されそうだから一度止まり、しばらくすると二人は顔を見合わせて武器を下ろす。

どうやら敵意がないことは伝わったらしい。

「ア、アンタ!?」

あまり刺激をしないようにゆっくりと近づいて行くと、ツインテールの少女――エリーさんが俺に気付いて驚いたように声を上げる。

「エリーちゃん、知り合いですかー？」

「……」

「こんにちは」

訝しげな様子でこちらを睨んできて、どこか警戒した様子。

隣のカーラさんはとりあえず俺が敵でないとわかって、しかし状況に困惑している。

「そうよ……破滅の力を使っても壊せない魔法なんてアンタくらいなもんよね！」

「えーと、なにか勘違いしてないかな？」

「勘違い？　これだけの力を持った空間に閉じ込めておいて、なにを今更――!?」

「はーい、事情がわかりませんがー、とりあえず一度落ち着きましょうねー」

「っ――!?」

突然カーラさんがエリーさんの後ろから口を塞いだせいで、モガモガと言っている。

どうやら彼女の方が話が通用しそうだと思って顔を見ると、怯えたように顔を逸らされた。

――え、地味にショックなんだけど……。

「と、とりあえずこの空間は俺の仕業じゃないし、なんなら二人を助けに来たんだよ」

そう言った瞬間、二人の顔が一変する。

そして力が抜けたように、同時にその場にへたり込んだ。

「た、助けに来たって、本当？」

「うん。セレスさんも心配してたよ」

「セレスは無事なのね!?　……良かった」

エリーさんはよほど心配していたのか、俺の言葉にホッとした様子を見せる。

「わ、私のことも誰かが心配してくれてたんですかー？」

「え？」

「え？」

レイナは、心配してなかったな。

エディンバラさんはそもそも記憶がなくなってたし、ゼロスとゼフィールさんも気にしてなかったっけ。

「えーと……」

「……」

段々と不安そうな顔をし始めるカーラさんだが、ふと思い出す。

「あ、マーリンさんはちょっと心配してましたよ」

「そう、マーリンが……マーリンだけ？」

「……」

そう追求されたら、俺としては視線を逸らす以外にない。

レイナたちから話を聞く限り、このカーラという女性は七天大魔導の中でも一番残忍で、人望がないらしいから……。

「ふ、ふふふ……そう、みんなして私なんて知らないと……」

「あ、でもまだ見つかってない人とかもいるから。ほら、セティって人」

「……他には？」

「……」

再び顔を逸らす。

だってもう、そのセティさん以外は全員見つかっているし、心配らしいこと言ってたのマーリンさんだけだし。

それすらも、駄目なら仕方ない程度の話。

それが伝わってしまったのか、カーラさんは結構ショックな顔をしていたが、これは俺のせいじゃないよね。

「ね、ねえ！　アークは!?　アークも無事なの!?」

そんな俺とカーラさんの話に割り込むように、エリーさんが焦った声を出す。

アークというのは、あの勇者の彼だろう。

「いや、まだアークさんは見つかってないから……」

「っ――!?」

「で、でも大丈夫だよ。セレスさんも、彼は強いからきっと大丈夫だって――」

「いくらアークが強くたって！　あんな化物がいるような場所じゃ……」

化物、という言葉に一瞬俺の背筋がぞくっとした。

慌てて空を見上げ、周囲を見渡すが黒い空間が広がるだけでなにもない。

だけど俺は知っている。

この空間はシェリル様の物で、ここで起きた出来事はすべて筒抜けであるということを……。

「ほんっとに！　いったいなんなんでしょうねあれは!?　私の闇魔法もなにも通用しなくて理不尽すぎですよー」

「まだ死ぬわけにいかないから本気の破滅は使えなかったけど、あれに通用するかどうか……」

――あんまり、あれとか言わないで欲しいなぁ……。

なんとなくシェリル様の機嫌が悪くなっているような気がして、俺は冷や汗をかいてしまう。

このまま俺ごとしばらく閉じ込めておこうかなんて思われたら洒落にならないんだけど……。

「えっと、シェリル様は悪い人じゃないから」

「……アンタ、あの化物の正体知ってるの？」

「知ってたら教えてくださいー。あれを倒さないと、私たちも脱出出来ませんから……」

なんで二人とも戦う気満々なんだ!?

温泉でのんびりしていたゼフィールさんを見習って、仲良くやってくれればそれで――。

——面白いじゃない。

「っ——!?」

俺がそんなことを思っていると、闇の中からシェリル様が現れる。

その身体からは強力な闇のオーラを纏っていて、戦闘モードの彼女は俺ですらちょっと怖くて後ずさりをしてしまった。

「私を倒す？　なら、相手をしてあげる」

ニヤリ、と悪い笑みを浮かべ、これ絶対に悪い意味で楽しんでるなと思う。

「くっ——!?　この！」

「死になさい！」

二人の反応は早く、突然の事態だったにもかかわらず爆発魔法と影魔法が同時にシェリル様に襲いかかった。

さすがは人類最強の勇者パーティーのメンバーと、七天大魔導の魔法使いだ。

ただ、相手は人類どころかあらゆる種族の歴史に名を残すレベルの最強種——闇の大精霊シェリル様。

「その程度かしら？」

直撃した攻撃は一切のダメージにならず、その立ち居振る舞いはまさに古《いにしえ》の魔王。

「あ、あ、あ……」

「ひぃ……なんなんですかこれぇ……」

二人は怯えたような声を出し、身体を震えさせる。

突然始まった『絶対に勝てないボス戦』。

——俺だったら、絶対に嫌だなぁ……。

というわけで、二人を置いて逃げたい衝動に駆られつつも、仕方がないので前に出て庇う。

「あの、その辺でいいんじゃないでしょうか？」

「アンタが代わりにお仕置きされたいの？」

「いや、別に彼女たちも悪気があって言ったわけじゃないと思いますので……」

俺が言い訳がましくそんなことを言うと、殺気を込めて睨んでくる。

——こっわ！

多分あれとか化物扱いされたから怒ってるんだろうけど、正直言って今回のこれはシェリル様の自業自得だと思うんだよなぁ。

俺の後ろに立っている二人など、もはや立っていられなくなってへたり込んでしまった。

「多分、お互いの事情を話し合えば解決するんじゃないかなぁと、思ったり……」

「……ふん。まあいいわ。とりあえずそっちの」

シェリル様の視線がエリーさんに向く。

「今度私の神殿でそんなふざけた魔法を使おうものなら、二度と光に当たれないと思いなさい」

「は、はい！」

ふざけた魔法ってなんだろう？　と思っていたがどうやらエリーさんは心当たりがあるらしく、素直に返事をした。

それさえ聞ければ満足だったのだろう。

シェリル様は小さくため息を吐くと、全身から放っていた殺気を消して腕を組む。

「この後、アンタ含めてこいつらも外に出すけど、外にスノウもいるから変なことはさせないようにね」

「あ、俺が見張る感じですか？」

「他に誰がいるのよ」

ですよねー、と頷く。

まあこれだけの力の差を感じたら抵抗しようなんて思わないだろうけど、カーラさんの性格は結構面倒そうだから念のためちゃんと言っておこうか。

「えーと、二人はここのことをどれくらい知ってますか？」

振り向くと、二人とも瞳に涙を浮かべて、すでに戦意を喪失したような雰囲気。

「な、なんにも知らないわよ！　気付いたらこの神殿の近くにいて、人がいるかと思って調査をし始めたらあの化――」

「す、ストーップ！」

「モガ――」

――また化物とか言ったらシェリル様が怒って出てきちゃうから！

慌ててエリーさんの口を押さえてそれ以上言えないようにすると、焦った様子を見せる。

しかし俺の意図が伝わったのか、少しすると涙目になりながらも落ち着き始め、押さえる手を叩いてもう大丈夫という視線。

ゆっくり離すと、彼女も荒い呼吸を吐きながらなにも言わずに黙り込む。

「本当に、気付いたらここにいたんですよー。ところで、あの方はなんと呼べばいいんですか？」

代わりに隣で様子を窺《うかが》っていたカーラさんが引き継ぐように言葉を紡いだ。

なんともないように振る舞っているが、身体の震えは止まっていないからよほど恐怖を感じたのだろう。

「シェリル様、かな」

今ここで闇の大精霊だとか話すとまたパニクってしまうかもしれないため、それだけ伝える。

とりあえず二人がなにも知らない状態というのはわかった。

「二人はシェリル様の神殿に迷い込んじゃって、そこで魔法を使っちゃったんですね」

「だって、急に魔物が襲いかかってきたんだもの」

「私の魔法は全然聞かなくてー、この子の破滅魔法は効果があったからそれで神殿を崩して逃げようとしたら捕まっちゃった感じですー」

「……なるほど」

ぱっと見た感じ、二人の力量にはあまり差がないように感じる。

しかしカーラさんの魔法が通じず、エリーさんの方だけ通じたということはなにかしらの効果があるのだろう。

そして、その魔法のせいでシェリル様の怒りを余計に買ってしまったと……。

――そういえば、厄介な魔法を使うって言ってたな。

それがあったから、わざわざ闇の牢獄を使って捕まえたのか。

殺さなかったのは俺に配慮してくれたからだって言ってたし、もしそうじゃなかったら……。

「な、なによ？」

俺の不安を感じたのか、エリーさんが怯えた様な声を出す。

……本当に、無事で良かった。

「事情はわかりました。とりあえず二人とも、俺たちの住んでるところで保護しますね。この島のこととか、話はそこで落ち着いてからにしましょう」

「……ええ、助かるわ」

「やっと一息吐けますねー……」

二人とも歴戦の魔法使いのはずだが、さすがにシェリル様と対峙したのは参ったらしい。

ホッとした様子で力が抜けた感じだ。

「というわけでシェリル様！　闇の牢獄を解除してくださーい！」

俺は聞いているはずのシェリル様に声をかけるが、反応はない。

「あれ？　おーい！」

なんでだろう、と思って何度か声をかけるが、無視される。

しばらくして、俺の目の前に空間が揺らぐと、眠ってしまったスノウを抱っこしたシェリル様が現れた。

「シェリル様？」

俺の言葉には返事をせず、ただこちらを見ながら唇を動かす。

えーと、なになに？

――この子が起きるまで、そこにいなさい。

「……うそぉ」

どうやら寝ているスノウを独り占めしたいらしい。

いや、俺は別にそれでも構わないんだけど……。

「……」

二人はいつ出られるのだろうかと、そわそわした様子。

いつ殺されてもおかしくないような場所にいるのは精神的にもキツいだろう。

「はぁ……」

とりあえず、出られない理由についてはちゃんと説明しよう。

ついでに、あとで外に出てから話そうと思っていたこの島の生態系とか、住んでいる人たちについても。

――信じてもらえるかなぁ……。

シェリル様という例があるとはいえ、これまでの経験上信じてもらえない気がする。

まあ、そのときは仕方がないと割り切って、二人に事情を説明するのであった。

第八章　再会

俺たちが闇の牢獄から出られたのは、それから二時間後のことだった。

「ぱぱぁ。おかえりぃ」

「うん、ずいぶんお眠《ねむ》だったねぇ」

「えへへー」

ああ、可愛いなぁ。

ちょっと照れたこの顔を見られたなら、二時間くらい待たされるのも全然へっちゃらだ。

「「……」」

まあ、精神的ストレスを多大に感じた二人もいるわけだけど……。

エリーさんとカーラさんは魂が抜けたようにぐったりと座り込んでいて、ちょっとだけ申し訳なさも感じる。

「ほら、もう邪魔だからさっさとそれ持って帰りなさい」

「持って帰れって言われてもですね……」

よく考えたら、ここから家まで結構な距離がある。

俺とスノウだけだったら抱っこして飛んで帰ればいいんだけど、二人を連れてだと大変──。

「あ、シェリル様のやつ使えばいいのか」

この人が俺たちの家に遊びに来るとき、なんか闇のゲートっぽいやつ使って来てるのを思い出した。

さっきも崖からここまで飛ばされたし、あれならこの人数でも一気に行けるはず。

「えーと、多分こんな感じで……あれ？」

なぜか収納魔法が出てきた。

今までなんとなく真似出来たのに、なんでだろ？

「アンタ、なにしてんのよ」

「いや、シェリル様がよく俺とかを飛ばすやつあるじゃないですか。あの魔法使おうかと思ったんですけど上手くいかなくて……」

「……はぁ」

うわ、すっごい呆れた目でため息吐いた。

「その、凄く馬鹿って目で見るのは止めて欲しいなぁって思うんですけど」

「そりゃ馬鹿を見る目で見てるから止めないわよ。というより、どうして真似出来ると思ったわけ？」

神様印のチートがあるからです。

とは言えず、とりあえず曖昧に笑っておく。

「ほら、俺って見たら大体の魔法使えますから」

「ぱぱは凄いんだよぉ」

「……まあそれはいいけど、ゲートは無理よ。あれはアストラル体の私たちだから通れるもので、肉体がある生物は通れないから」

あれ、ゲートって言うんだ。

シェリル様曰く、精霊や幽霊だけが通れる道を使っているらしい。

ちなみに俺を飛ばしてるやつはまた別の魔法だそうだ。

「あ、本当だ。こっちは使える」

テレポートみたいな感じだろう。

ぴょんぴょんと空間を跳んで移動していると、エリーさんたちからなんか凄い目で見られていた。

——ヤバい、これはまた俺が人間扱いしてもらえなくなるやつだ……。

テレポートを止めて、誤魔化すようにその場で喉を鳴らす。

「ん、んんっ。ということは歩いて帰るしかないんですかね」

「その二人抱えて飛べば？」

「それは……」

エリーさんを見て、カーラさんを見る。

スノウとエリーさんだけならともかく、こっちはなぁ……。

「ちょっと今どこを見比べたか言ってみなさい。怒らないから」

「ノーコメントで」

俺知ってるんだ。

怒っている雰囲気を出しているエリーさんを相手に本音を言ったら、絶対怒られるやつだって。

ちなみに、追求されるより早くカーラさんがエリーさんをからかったので、怒りの矛先はそちらに向いてくれて助かった。

「今から歩いて帰るのぉ……？」

「うーん、そうだねぇ……」

なにか良い方法はないかな、と思っていると気付けば神殿の外に飛ばされていた。

「はっ――!?」

魔法使いの二人は驚いた顔をしているが、やったのはシェリル様だろう。

予兆もなく、本当に気付けば目の前の光景が変わるので驚くのはよくわかる。

「こういうのは、技量の差が出るよなぁ」

魔法をコピーは出来るが、レイナほど上手にコントロールが出来ない。

つまり、コピーとは別の技量差があるのだ。

そしてシェリル様のこれは、もはや一般の魔法使いからしたら神業みたいなものだろう。

「しかしいきなり放り出さなくても……ん？」

ばさばさと羽ばたく音がするので見上げると、黒いドラゴンがこちらに降りてくるのが見えた。

「ティルテュちゃんだー！」

「な、なによあれー!?」

「ひぃぃぃぃぃぃ!?　なんて魔力ですかぁぁぁぁ!?」

——迎えは呼んどいたから、さっさと帰りなさい。

頭の中でシェリル様の声。

隣では嬉しそうなスノウの声。

そしてこれまで感じたことのないほど強い力を持ったドラゴンの存在に怯える二人の声。

色々と混ざり合ってはいるが、とりあえず——。

「あと二人かぁ」

後でレイナと合流したら、改めて捜す場所を考えてみよう。

◇

いちおう闇の牢獄でこの島については色々と説明したんだけど、やっぱり百聞は一見にしかずというか、見て貰うのが一番早かったな。

ティルテュの背中でブルブル震えている二人も、だいぶこの島のことがわかってきたらしい。

「わかってきたもなにも……こんなの言葉で言われて信じられるはずがないじゃないですかー」

「そ、そうよそうよ！」

「俺に言われてもなぁ」

と言いつつ、それも毎回言われてきたので慣れたものだ。

とりあえず、ティルテュが危害を加えない優しい子、というのはわかって貰えたので良かった。

ちなみにエリーさんたちが捕まっていた理由だが、彼女の持つ魔力は特別なもので、シェリル様からしてもちょっと厄介に感じたからだそうだ。

もし使われていたら怒って消し炭にしてたかも、というレベルらしい。

カーラさんの方はなにをしても危害を加えることは出来ないらしいけど、闇の魔力を雑に使ってるのがちょっと苛立ったみたい、とのこと。

なんにせよ、二人とも生きた心地はしなかっただろう。

こうして無事に外に出られて良かったな。

「それで、えと……アラタ様は」

「様付けじゃなくていいよ。神様云々はセレスさんの勘違いで、俺は普通の人間だからさ」

「……人間？」

なんで疑問形なのかなぁ？

「まあちょっと変わってるかもしれないけど、人間だよ。いちおう……」

「ぱぱはぱぱ！」

「そうそう。俺は俺だから、そんなにかしこまらなくてもいいかな」

「そう……だったらアラタさんって呼ばせて貰うわ」

「同じくアラタさんって呼ばせて貰いますねー」

「うん、よろしくね二人とも」

ティルテュの背中でようやく打ち解け始めてきて、俺としてもホッとしていた。

なにせ女性ばかりに男一人だ。

レイナとかルナならともかく、こうしてほぼ初対面の人たちとの交流は結構緊張するのだ。

「あ、ティルテュごめん。先にアールヴの村に寄ってくれる？」

「うむ……」

「ティルテュ？　どうしたの？」

なんだか歯切れの悪い返事で気になったので聞くと、彼女は悩みながら小さく言葉にする。

「また旦那様の周りに女が……いやしかし正妻としては、こう、どんと構えておいた方が……」

「……」

とりあえず聞かなかったことにしよう。

少なくとも、この二人と俺がどうにかなる未来なんてものはきっと存在しないから。

アールヴの村を経由してカティマたちには事情を話し、そして家まで戻ってきた。

すでにレイナたちは先に戻ってきていたらしく、しかしそこに新しく誰かが増えたということはなさそうだ。

「セレス！」

「ああ、エリー！」

「わっ!?」

地上に降りたエリーさんが声をかけた瞬間、セレスさんは駆けだして抱きついた。

その勢いに押されて二人揃って倒れてしまうが、感情が高ぶっている彼女は止まらない。

「無事で良かった！　本当に良かった！」

「あったり前じゃない！　私を誰だと思ってるのよ！」

「でも、でもぉ……」

「あーもう……その、心配かけてごめんってば」

まるで心配性の姉を慰める妹のように、エリーさんは背中を優しく擦《さす》る。

二人で抱き合いながらお互いの無事に涙し、感動的な光景が広がっていた。

良かった良かった、とそんな優しい光景を眺めつつ、俺は視線を横にずらす。

そこにはカーラさんが嫌そうな、困ったような、複雑な顔でエディンバラさんやレイナたちを見ていた。

レイナとマーリンは若干警戒した様子。

そしてエディンバラさんは……。

——なに考えてるんだろう？

カーラさんが気になるのか、じっと見つめるだけ。

ただその無言で見つめる様は妙にプレッシャーがあり、カーラさんも額から汗を流している。

それはまるで一触即発。

戦いの直前のような空気で、同じ仲間を迎え入れる場面のはずなのに、なんでこんなに真逆な光景になるんだろう？

「あ、はははー。カーラ・マルグリッド、ただいま戻りましたー」

「……」

「……」

無言が続く中、エディンバラさんがレイナとマーリンさんを見たあと、ようやく気付いたように目を丸くする。

「ああ、私に言ったのか」

「そうですよ！　他に誰がいるんですかー！」

「すまんな。記憶がないから少し遅れてしまった」

エディンバラさんは特に感情の籠もっていない声のまま、ゆっくりとカーラさんに近づいていく。

「な、なんですかー？」

警戒するカーラさんの身体を、先ほどセレスさんがしたように抱きしめた。

「ふぇ!?」

「怖かったのだろう？　こうしたら落ち着くらしいから、この身に委ねるといい」

「ふぁ!?　ふぇ!?　ふぉぉぉっ!?」

カーラさんの表情が凄いことに変化していく。

完全にテンパったようで、もう自分がどういう言葉を使っているのかすらわかっていないような状況。

「心配するな。なにかあっても私が守ってやろう」

「……」

もはや理解不能の事態に脳がパンクしてしまったのか、カーラさんは抱きしめられて顔を真っ赤にしたまま動かなくなる。

なんか今の、男の俺から見ても格好良かったな……。

なんて思っていると、パンっと手を叩く音が辺りに響いた。

みんなが音の先に注目すると、レイナが手を叩いたことがわかる。

「はいみんな！　いつまでも外で話をしてないで、家に入りましょう！」

疲れている二人を休ませるにしても、状況を共有するにしても、家の方がいいか。

帰ってきてからバタバタしていたが、ようやく全員落ち着いたのでそれぞれの事情を説明。

エリーさんとカーラさんは二人一緒に行動していて、シェリル様に捕まっていたこと。

レイナからは、神獣族の里の方には人間は来ていないという話を。

他の面々がスノウと遊んだり、自分たちの情報を共有している中、俺とレイナはそれぞれの成果を話し合い、これからどうするかを悩む。

「あと見つかってないのは、アークさんとセティの二人だけね」

「うん。いちおう順番に潰してきたわけだけど……」

神獣族の里、鬼神族の里、アールヴの村に古代龍族の住処。

俺たちの住んでいる家の北から東まで、だいたい確認が終わっている。

あとはヴィーさんの住む城があった場所だけど、帰ってきてないからどうなのかわからない。

泊まり込みで修復でもしてるのかな？

俺たちが島に迷い込んだときも気付いていたくらいだから、もしそっちにいたら気付くだろう。

それに、念のためティルテュが伝えに行ってくれたので問題ないはずだ。

ない、はずだよな……？

「ヴィルヘルミナさん、帰ってこなくなったわね。変なこと考えてなければいいけど……」

「あはは……まあ大丈夫だよ。多分」

俺も同じ不安を覚えているため、自信を持って言えなかったりする。

ただ悪戯はするけど、本気で誰かが死ぬようなことはしないはずだから、もしそちらで遭難していたらきっと助けてくれるだろう。

まあその前に、この島の魔物に襲われているところを見て笑ってるかもしれないけど……。

「というわけで、明日はこっちを捜してみようと思う」

俺が指さしたのは、先日レイナと散歩に出かけたハイエルフや大精霊たちが住んでいるという森の中。

その奥には大きな湖が広がっていて、さらに南に進むとまた海岸が広がっている。

「……前に行ったときはなにもなかったわよね」

「グエン様が言うには、結界が張ってあって見えないらしいよ」

あのときの違和感はそれだったらしい。

闇の牢獄と一緒で吹き飛ばすのはそんなに難しくはなさそうだけど、別に喧嘩を売りに行くわけじゃないから……。

「で、スノウを連れていったら歓迎されるだろうって」

「そう……」

レイナはちらりとみんなに遊んで貰っているスノウを見る。

危険があるかもしれないのに、と心配になっているのだろう。

単純な強さだけで言えばスノウは大精霊でこの島でもトップクラスだけど……母親としてはそんなの関係ないんだよね、きっと。

「大丈夫だよ。スノウのことはなにがあっても俺が守るからさ」

「……うん」

元々地図を見ていたため肩が触れ合うくらいの距離だったが、さらに身体を寄せてくる。

少し甘えるような仕草を受け入れると、そのまま頭を肩に乗せてきた。

「……」

「……」

しばらくそうして無言でいると、二人だけの時間のような気がして——。

「……」

七天大魔導の面々やセレスさんたち、それにスノウがじーとこちらを見ていた。

そしてレイナはそれに気付いていない。

——ど、どうしよう……。

セレスさんなどは顔を赤くして嬉しそうにしているし、エリーさんとカーラさんはちょっと呆れ気味だ。

マーリンさんは困ったような顔をしているし、エディンバラさんは……。

——なんだか、妙に優しそうな顔してるな。

まるで母親のような笑み。

いったいどうしたんだろう？　と思っているとそれぞれに声をかけて、順番に外に連れていく。

どうやら気を利かせてくれたらしい。

レイナが気付いたときにはもう誰も家からいなくなっていて、その理由まで勘づき顔を髪色のように紅くする。

昔ならそれで恥ずかしくなって身体を離していただろう。

だがどうも今日はもう開き直ったのか、そのままさらに密着させて身体を預けてくる。

こうなったレイナは意外と積極的というか、もう俺も開き直った方が良いなと思って腕を肩に回す。

そして窓の外から聞こえてくる鳥の鳴き声や風のささやきを聞きながら、まったりとした時間を過ごすのであった。

◇

結局みんなが家に帰ってきたのは、二時間後だった。

この意味深な時間に関しては突っ込むことを止めてスルーした俺だが、一人一人の顔を見ると誰が邪推しているかすぐにわかる。

特にエリーさんなんかは俺を見て顔を真っ赤に染め、カーラさんはニマニマとしていた。

もしかしたら空いている時間でなにかやってるとでも思ったのかもしれない。

逆にエディンバラさんなんかは普通で、なにを考えているのかわからない。

まあこの辺りは性格だと割り切ろう。

期待している人たちには悪いが、ただ肩をくっつけてのんびりしていただけで、やらしいことはなに一つしていないのだから。

「それじゃあ全員戻ってきたから、改めて明日の件について話そうか」

「そうね」

レイナが地図を出してくれるので、全員でテーブルを囲んで確認する。

ハイエルフが住むと言われている森は、俺たちが住んでいる家から南にある。

これまであまり探索をしてこなかった地域だが、アークさんたちを捜すために向かおうという話になった。

「それで行くメンバーだけど……」

今、俺たちの家にはかなりの人数が揃っている。

七天大魔導はゼフィールさんと、行方不明のセティさん以外は全員揃っているし、セレスさんとエリーさんもいる。

レイナ曰く、大陸の最大戦力がほぼ全員揃っている状態で、災厄級の魔物でも倒しに行くかのようだ、とのこと。

――まあ、これだけ集めてもティルテュとかには勝てないんだろうなぁ。

もっともエディンバラさんだけは強さがちょっとわからないので、例外かもしれないけど……。

「我は行かないぞ」

「え？　そうなの？」

「うむ」

珍しく、ティルテュがそんなことを言う。

おかしいな、普通なら真っ先に来たがりそうなのに？

というか、視線を逸らしてなんか気まずそうな顔をしてる。

「アラタ、ちょっとこっちに」

「ん？　なに？」

レイナに手招きされたのでそちらに行くと、彼女は耳元で囁くよう。

「ティルテュ、前にハイエルフの里を襲って世界樹の蜜を奪ったから……」

「ああ……」

そういえばそんなこと言ってたっけ。

今はもうスノウのお菓子となってしまった世界樹の蜜。

本人は譲って貰ったと言っていたが、その実は奪ったという表現が正しかったらしい。

シェリル様曰く大精霊はあんまり気にしてないそうだけど、ハイエルフたちは結構お怒りで邪龍討つべし、となったとかなんとか。

「まあ、それじゃあティルテュはお留守番してもらおうか」

「うむ……ついでに謝っておいて欲しいのだが」

「そういうのは自分でやらないとね」

「ぬぬぬ……」

とはいえ、今回ティルテュを連れていくと話が拗れてしまう可能性があるので、やはりそれはまた今度にしておこう。

ハイエルフたちは新しい大精霊であるスノウを歓迎するとのことなので、俺とスノウは確定として、あとは——。

「あ、私もここに残るわね」

「そうなの？」

「ええ。いつまでも私たちやマーリンの家に泊まらせるわけにもいかないでしょ。だからここに家を作っておくわ」

「あ、そっか。でも俺が手伝わなくて大丈夫？」

以前家を作ったときは、レイナが準備や設計を色々してくれて、俺が減らない魔力と体力担当だった。

おかげでかなりの早さでこの立派な家が完成したわけだけど、俺抜きだと結構大変そうだ。

「それはほら、力仕事とか魔力仕事とか得意な人が多いから」

「我が手伝うぞ！」

体力担当はティルテュだろう。

あと一度帰ったグラムや、神獣族の里に行ったときルナにも手伝いを頼んだらしい。

魔力担当は、七天大魔導の面々に頼むそうだ。

「あ、じゃあみんな連れて行かない方が良いのかな？」

「いや、私がついて行こう」

「エディンバラさん？」

「記憶喪失とはいえ、私がいたらレイナが気を遣うみたいだからな」

彼女がそう言うとレイナはちょっと気まずそうな顔をする。

本人的には気にしないようにしたいのだろうが、染みついたものは中々抜けないみたいだ。

俺としてはむしろこの機会に二人のわだかまりを払拭してもらいたいのだが、そう簡単にはいかないのは仕方がない。

「お姉ちゃんも一緒に行くの？」

「ああ。お前になにかあったら私が守ろう」

「やったーーー！」

みんな行かないのか、とちょっとテンションが落ちていたスノウが急にうわぁぁぁ、とテンションがハイになる。

全身で嬉しさを表していて、両手を上げたり下げたり忙しい感じ。

スノウのお気に入りであるティルテュが一緒に行かない中、エディンバラさんが来てくれるのは結構ありがたい。

「あの！　私もご一緒させて頂けたら！」

「私も――」

「駄目ですよエリー！　貴方は少し休まないと！」

「でも……」

アークさんのことが心配なのか、エリーさんがなんとか食い下がろうとする。

しばらく二人で行く、行かないの話し合いが繰り広げられるが、結局最後はセレスさんに押し切られる形で説得された。

「……ごめん。あいつのこと、お願い」

「はい！」

そうして、ハイエルフの里に向かうメンバーが確定した。

行くのは俺とスノウ、そしてエディンバラさんにセレスさんの四人だ。

他の面々はこれからの生活基盤を整えることに集中することになる。

「それじゃあアラタ、こっちは心配しなくていいから、頑張ってね」

「うん。それじゃあ行ってくるね」

レイナたちに見送られて、俺たちはそのまま南へと進んでいくのであった。

第九章　ハイエルフの里

ハイエルフの里があると言われている場所は、実はそんなに遠くない。

先日レイナと来たときなど、散歩気分で行けたくらいだ。

「良く考えたら、なんで今までこっちに行かなかったんだろ？」

この島に来てから結構経ち、色んな知り合いも増えてきた。

それに伴いバタバタした日だって増えたが、だからといって毎日忙しいわけじゃないし、これだけ近いのであればもっと早く行っててもおかしくないんだけど……。

「それは恐らく、ハイエルフの結界のせいだろうな」

「結界って、見えなくするだけじゃないんですか？」

「イメージとしては別次元に新しい空間を作る感じだが……」

森を歩く道中、エディンバラさんが説明してくれるが、言葉を途中で切る。

どうしたのだろうと思って見ていると、彼女は足を止めて首を振る。

「いや、心配しなくて良い。知識が勝手に頭に蘇《よみがえ》ってくる感覚にまだ慣れていないだけだ」

「あ、そっか。記憶喪失って厄介ですね」

「ああ。だが不思議と、ハイエルフのことについてはすぐに出てきたな」

魔法も使おうと思ったらすぐ使えたみたいだから、身体に染み込んでいることはすぐに思い出せるみたいだ。

「別次元に空間を作るというのは、具体的にどういうことなんですか？」

一緒に来ていたセレスさんが俺と同じ疑問を投げかける。

「空間の条件をある程度自由に変えられるのが特徴だな。今回アラタが森に近づこうと思わなかったのなら、侵入者を防ぐのではなく、そもそも侵入者が来ないようにしたのだろう」

「来ないように？」

「人払い、という条件を付けたと言えばわかりやすいか？」

それを聞いて、俺はなんとなく理解が出来た。

たまに漫画なんかでもある、人が無意識のうちに離れていく人払いの結界。

ハイエルフの結界には、それも含まれているのだろう、とエディンバラさんは推測したらしい。

「人の無意識に働きかける認識阻害というのは恐ろしいほど高度な魔法だ。なにせ精神に働きかけるのだからな」

「エディンバラさんでも難しい？」

「私の場合は……」

一瞬考え込むのは、自分がどの程度出来るのかを思い出そうとしているからだろう。

「多分、出来るな。どうやら大陸最強の魔法使いというのは伊達ではないらしい」

「あのレイナの師匠だもんね」

俺がそう言うと、エディンバラさんはちょっと複雑そうな表情をする。

覚えていないこととはいえ、レイナの過去を聞いて自分がしたことに思うところがあるのだろう。

——本当に、なんでなんだろう？

少なくとも、俺はエディンバラさんが悪い人にはどうしても思えない。

スノウが懐いているだけでなく、みんなのことをよく見て行動してくれているから余計にだ。

だとしたら、彼女がそういう態度を取ってきたのにも、なにか理由がある気がする。

「今回のは認識阻害に合わせて空間位相をずらし、さらに攻撃に対する防御的な結界も掛け合わせた代物だから、簡単ではないな」

「そっかぁ」

俺なら出来るのだろうか？

シェリル様のゲートはコピー出来なかったけど、あれはそもそも人間じゃ通れない魔法だから。

こっちの結界はなんとなく出来る気がしてきた。

——というか、多分難易度だけで言えばヴィーさんの神殺しの魔槍《グングニル》の方が難易度高いよなぁ……。

過去に神すら殺したことのある彼女の秘奥は、俺ですら死にかねない威力を秘めていた。

それをコピー出来たのだから、多分これくらいなら大丈夫だろう。

そしたら少し応用して、家を魔物から守れるかもしれない。

強化魔法で壁とかは壊れないようにしているけど、魔物が近づかないに越したことはないし。

「もしハイエルフたちが良いって言ったら、見せてもらおうかな」

「アラタ様は、やっぱり神様じゃないんですか？」

「神様じゃないよ？　ぱぱだもん」

俺の発言を聞いたセレスさんがなんかまた勘違いしてそうな台詞《せりふ》を言うが、スノウの言う通り。

俺は俺だから、そんな変な目で見ないで欲しいかな。

◇

しばらく四人で歩いていると、前回来たときに違和感を覚えた場所まで辿り着いた。

「あ、ここだ」

「……私はなにも感じ取れないが、アラタがそう言うならそうなのだろうな」

先ほどエディンバラさんに説明して貰ったからか、たしかに空間が少しズレているような感覚。

それが前に来たときよりもはっきりわかるようになっていた。

どうやら認識阻害といっても、万能というわけではないらしい。

――まあ、そうじゃなかったらティルテュも見つけられなかったんだろうし。

ある程度以上力をもった存在相手だと、完全に隠蔽も難しいのだろう。

もしくは、ティルテュを警戒した結果、張った結界なのかもしれないけど……。

「それで、どうしたらいいと思います？」

「敵対しに来たわけではないのだ。恐らく向こうからはこちらが見えているだろうから、しばらく様子を見よう」

ハイエルフは好戦的な種族ではないが、排他的ではあるそうだ。

だからまずは無害であることを示さないといけないと、シートを敷いて昼食の準備を始めた。

「あの、いいんでしょうか？」

「まあ駄目だったら別の手段を考えようよ」

まるでピクニックをしに来たような行動に、セレスさんが戸惑った様子を見せる。

さすがに攻撃の意思を感じたら逃げるけど、今のところその気配はない。

「……スノウ？」

俺たちが準備をしている間、スノウはなぜかじっと一点を見つめる。

たまに首を傾げ、手を伸ばし、そしてやっぱり止め、と不思議な行動。

「んー……やぁ！」

「っ――!?」

　そして不意を打つように急な動きでなにかを摑んだ瞬間、空間が揺らぎ一人の少女が現れた。

「ぱぱ！　捕まえたー！」

「ああ、うん……」

「こういう場合、褒《ほ》めてあげるのがいいのではないか？」

「そう、なんですかね？」

　まるで大きな昆虫を捕まえた子どものように自慢げだが、なにせ捕まえた相手はエルフっぽい姿で、しかもスノウと近い年齢の子どもだ。

　これを褒めてあげるべきか、正直悩んでしまう。

「……」

「あ、あぅぅ……」

　褒めて褒めて、と近くまでやってきて見上げてくるスノウ。

　その隣では捕まってしまい涙目になっているエルフの少女。

「スノウは凄いねー」

「えへへー！」

　頭を撫でて褒めてあげるととても嬉しそうだ。

　とはいえ、このままエルフの少女を放置するのも不味いので、そちらを見る。

「とりあえず、その子放してあげて？」

「うん」

「っ――――！」

ぱっと手を放すと、少女は逃げ出すように走り出す。

すぐに近くの空間が歪み、エルフの少女はそこに消えてしまった。

なんだか今の、昔のアニメで見たような光景だな。

「おー……」

スノウは驚いたときによく出す声で、その空間を見つめる。

まるで湖に石を投げたように、空間に広がった波紋。

「あれが入り口、なんですかね」

「どうしよう、入って良いかな？」

「……多分？　あっ」

俺とセレスさんがちょっと困惑気味にしていると、エディンバラさんは気にした様子もなく進んでいく。

そして軽く手を入れ、特に問題なさそうなことを確認し、そのまま中に消えた。

「スノウもー！」

「あ、待って！」

スノウは俺の制止を聞かず駆けだして空間に入ってしまう。

もはや躊躇っている暇はないと、俺は追いかけ――。

「本当に別の場所なんだ……」

空間を抜けた先は変わらず森の中だった。

ただ、明らかに先ほどまでいた島とは違う場所だということもわかる。

まず、木々の大きさ。

俺たちが普段見ている島の物よりずっと大きい。

地面に咲く花も見たことはないが生命力に溢れていて、そこに小さな妖精たちが集まって踊っている。

川の水が木漏れ日を反射して童話に出てくる精霊たちが遊んでいるようにも見え、近くでは狼や鳥が喧嘩をすることなく水を飲んでいた。

まるで楽園だ、と思っているとセレスさんが追いかけてきて、感嘆の声を上げる。

「あぁ……なんて美しいんでしょうか」

この島に来てから色んな光景を見てきて、その度に驚いてきたけど――。

「ありのままの自然って、こんな感じなのかな？」

神獣族の里、アールヴの村、鬼神族の里。

自然と共存はしていたものの、それでもその種族が生活しやすくするために人工的なものを作り出していた。

だがここは違う。

本当の意味で自然がそのまま残っており、誰かが手を加えた様子が一つもない。

生き物たちの姿を見ても、侵入者がいることに驚いておらず、普段通りの行動をしているだけなのだろう。

「凄く綺麗、だけど……」

ここまで来ると、自然過ぎて違和感も覚えるくらいだ。

「わーい！　ぱぱー！　こっちだよー！」

「あ、スノウさんがあちらに！」

先に中に入っていたスノウが、少し離れた場所でこちらに手を振っている。

その後ろにはエディンバラさんがいて、スノウが走って行かないように、こっそり襟を捕まえているのはちょっと面白い。

「行きましょうか」

「うん」

大木の根が地面から盛り上がっているため、足下に気をつけながら進んでいく。

そうしてスノウに追いつくと、そのまま脇に手を入れて抱き上げた。

「捕まえた」

「捕まったー！」

あははー、と笑うのでそのまま抱っこの体勢を取る。

ふと隣を見ると、セレスさんが驚いていた表情をしていた。

エディンバラさんも、ただ黙ってそちらを見ている。

いったいなにが……？　と思っていると――。

「うおっ!?」

巨大な木々に囲まれた森からでもはっきりとわかる、一本の大木。

遠目にあるはずなのに、凄まじい存在感を宿していて、つい声が零れてしまった。

「あれはまさか、教会の伝承にも出てくる世界樹？」

「なるほど。たしかにその名にふさわしいな……」

二人もその巨大さに圧倒されているのがわかる。

「凄い……」

かなり距離があるはずなのに、凄まじい力を感じる。

少なくとも、この島にいてあれだけの大樹は見たことがなかった。

「おっきーねぇ」

「うん……というかあんなのがあったのに、今まで気付かなかったなんて」

「先ほども言ったが、ここはそもそも空間の次元がズレているからな」

たしかに、ぱっと見た限り、この森の広さは明らかに俺が知っている場所とは違う。

どれほどの大きさかはわからないが、少なくとも本来俺たちの家がある辺りまで続いているのは間違いない。

「さて、それでどうする？」

「そうだね……」

エディンバラさんの問いに、俺は少し考える。

そもそも今回の目的は、南の森にアークさんたちが流れ着いているかどうかを調べるためだ。

グエン様も南の森が騒がしい、と言っていたし確率が高そうだが、そうじゃなかったらなにかしらトラブルが発生していることになる。

——俺一人ならともかく、スノウや二人がいるなら無理は出来ないよな。

迅速に調査をして、トラブルは回避しないと……。

出来れば誰かこの森に詳しい人——友好的なハイエルフでもいてくれればと思っていたけど、まさかこんなに広いとは思わなかった。

ここから捜すのは一苦労かもしれない。

「幸いなのは、この場所には魔物の気配がないことか……」

「そうですね。こんなに空気が澄んでいる場所は今まで見たことがありません」

先ほど見た動物たちや辺りにいるのは普通の生物で、決して魔物ではない。

それこそセレスさんや七天大魔導の面々の敵にもならないだろう。

「ならば方針は決まったな。まずはハイエルフたちを捜すぞ」

「でも、どこに……」

「とりあえずあそこを目指せばいいだろう」

エディンバラさんが指すのは、大きく伸びた世界樹。

そういえば、元々その守護をしているのが大精霊という話だった。

それならあそこに向かえばハイエルフもいるはず、ということらしい。

「んー……」

方針は決まった、と思って歩こうとしたら腕の中のスノウがなにか不思議な声を出す。

もぞもぞとしていて、なにか言いたげだ。

「どうしたの？」

「なんかねぇ、スノウねぇ、あんまりあっち行きたくないなぁ……」

「えぇ……」

ここまで来てそれは言わないで欲しかったなぁ。

と思うが、スノウは大精霊だ。

もし彼女が行きたくないというのであれば、それは子どものワガママではなく、なにかしらの理由がある気がする。

「スノウちゃん、どうしたんでしょうね？」

「多分本人も理由はわかってないんじゃないかな」

なにか悪い予感がしているのかもしれないし、その行動は簡単には無視出来ない。

「ねえスノウ、あっちになにがあるの？」

「あのねぇ……あっちは今とっても怖いことになってるの」

「怖いこと？」

「うん」

スノウがこんなことを言うのは珍しい。

実際に大樹の方を見てみるが、その自然の壮大さと力強さこそ感じても、怖いという雰囲気は感じないけど……。

——だけど、子どもとはいえ大精霊のスノウが言うことだもんな。

改めて大樹に向かって集中してみる。

「あ……」

たしかに、なにか強い力を感じた。

ただそれはスノウが感じているような怖いもの、というよりはどこか怯えと——。

「泣いてる？」

「どうしたのだ？」

「エディンバラさんは、あの世界樹を見てなにか感じませんか？」

「……いや、わからないな」

俺と同じように集中して世界樹の力を感じようとしたが、彼女には伝わってこないらしい。

「スノウが今感じているあれ、なにかわかる？」

「んーん。だけど、スノウは今、あっちに行きたくないって思うの」

「……」

敵意はない。ただ怯えて泣いている気配。

それと同時に、なにか苦しんでいるような雰囲気もあって、たしかに嫌な予感がする。

「ふむ……とはいえ、今のところあれ以外に手掛かりもないぞ」

「そうですね。スノウ、ちょっとだけ我慢できないかな？　なにがあっても俺が守るからさ」

「んー……ぱぱがそう言うなら……我慢する」

まだ不安そうではあるが、ぎゅっと抱きついてきて許可は取れた。

「大丈夫？」

「んー……」

背中を軽く叩いてあげると、抱きつく力を強くする。

これはもっと、という合図だな。

「大精霊と世界樹は密接した関係があるからな。きっとなにかあるのだろう。本人が嫌がってるのだから、出来るだけ早く終わらせてしまった方がいい」

「そうですね。じゃあスノウ、ごめんね」

「……ん」

普段はこんなワガママを言う子じゃないので聞いてあげたいが、今回は人命がかかっているのだ。スノウには悪いけど、少し我慢してもらおう。

「行きましょうか」

俺たちは世界樹を目印に、森の方へと進み始める。

普通の森より木々が大きく、まるで巨人の森だ。

ただそのおかげもあって木と木の間に隙間があり、道は広く、足下の根さえ気をつければ歩くのはそんなに苦労しなかった。

「本当に、なんて美しい場所なんでしょう……」

「たしかに、普段の森も緑が綺麗だけど、ここは……。

少し離れたところには花が咲き誇り、動物や虫たちが居心地好さそうに集まっている。

そこに生存競争などなく、ただ自然体であるだけ。

「ん？」

ただ歩いているとなんとなく視線を感じて、つい周囲を見回してしまう。

「精霊か」

「あ、この視線ってそうなんですね」

「え？　あ、これ……？」

どうやらエディンバラさんは気付いていたらしく、俺の様子を見て答えてくれた。

セレスさんが疑問の声を上げるが、集中するとその存在を感じ取れたのか、驚いた顔で俺たちを見てくる。

「お二人とも凄いですね。こんな希薄な気配に気付くなんて」

「なんかずっと見てる感じがしたんだよね」

「私の場合、この気配にはなんとなく馴染みがあるからだな」

――やっぱり、エディンバラさんってエルフなのかな？

耳的にはエルフかなって思っていたんだけど、なにせ本人が覚えていないのものだからなんとも聞きづらい。

もっとも、ヴィーさんみたいに吸血鬼でも似た耳だし、アールヴもそうだから俺の知らない種族なだけかもしれない。

――レイナたちも多分そうだろうって言ってたけど……。

ただ寿命的にエルフでも長すぎるんじゃないかという話が出てるらしく、七天大魔導の人たちもエディンバラさんが何者なのかは知らないそうだ。

「もしかしたら、私の故郷はここなのかもしれないな」

「え？」

「ん？　どうした？」

「いや、いきなり聞きづらいことをさらっと言ったので……」

「ああ。まあ自分でもわからんものなのだ。気にしても仕方がないだろう」

あっけらかんと、自然にそういうので俺もあまり気にしなくても良いかと思った。

「噂話ですけど、七天大魔導の第一位はエルフの王族、伝説のハイエルフなのではないか、なども言われていました」

「伝説、か。ここには伝説と呼ばれそうなのがゴロゴロいるし、そう言われてもありがたみもないな」

「あ、ははー……たしかにそうですねぇ」

エディンバラさんの言葉に、セレスさんも苦笑するしかない様子。

そんなことを言ってしまえば、俺の腕の中にいるスノウはもっと上の存在だろうし、見えている世界樹は神話の世界の代物だからなぁ。

改めて世界樹を見てみると、凄まじい力だ。

感じたそれはスザクさんやヴィーさんよりも強いかもしれない。

――というか、なんだか懐かしい？

エディンバラさんみたいにハイエルフ、というわけでないのになぜそう感じたのかわからないが、この力を俺は知っている様な気がした。

だからこそ、同時に感じる苦しみや悲しみを、放っておけない気持ちになる。

「アラタ？　どうした？」

「あ、いや……」

いつの間にか、足を止めて世界樹に見入ってしまっていたらしい。

言葉に出来ない感覚が脳裏に残り続け、俺は曖昧に笑うと、エディンバラさんが少し心配した様子で見てくる。

「大丈夫ですよ」

「そうか……貴方がそう言うなら追求しないでおこう。それより、気付いているか？」

「え？」

「どうやらいつの間にかしてやられたみたいだぞ」

精霊が見ている、という話ではないらしい。

いったいなんのことだろう？　と思っているとエディンバラさんが立ち止まり、ある一点を見つめる。

するとそこの空間が揺らぎ、そこから一人の女性が現れた。

「ようこそハイエルフの里へ。しかし我々は今、客人を相手にしている余裕はないので、お引き取りを」

黄金の髪に、身体のラインがわかる白いワンピースを着た美しい女性は、感情のこもらない声でそう言う。

取り付く島はないという雰囲気で、おそらく彼女がハイエルフなのだろう。

強さ的には……ティルテュやルナたちよりもやや弱く、アールヴのカティマくらいだと思う。

――そういえばカティマもハイアールヴだから、丁度同じくらいなのか？

そんなことを考えていたら、エディンバラさんが前に出た。

「土足で入ってきたのはこちらだからな。帰れというなら帰るが、その前に聞きたいことがある」

「それは、この島の外からやってきた異邦人たちのことですか？」

「その通りだ」

「あの、もし心当たりがあるなら教えて貰えませんか!?」

「……」

ハイエルフの女性がじっと俺を、というよりスノウを見ている。

基本的に、アールヴは大地と火と闇の大精霊を、エルフは水と風と光の大精霊を信仰しているそうだけど、だからといって違う方を軽視しているとかはないと言っていた。

ましてやスノウはまだ生まれたての大精霊。

仮にハイエルフ側に見られたとしても、彼女にとっても大切な存在だとは思うんだけど……。

「この空間にはいませんよ。そうですね、あなた方が入った入口よりさらに南に向かってください。そこに、異邦人はいますので」

そこにいる、ということだろう。

少なくとも無事であることがわかって、セレスさんがホッとした顔をした。

「情報提供感謝する」

「いえ。本来ならばスノウ様とお父上を追い返すような無礼はしたくはないのですが……」

どうやらスノウには敬意を持ってくれているらしい。

ついでに俺もだが、それはまあ置いておこう。

俺たちを追い返そうとしている理由もなにかあるみたいだ。

「余裕がないっていうのは、あの世界樹から感じる苦しみの感情ですか？」

「……お父上、貴方が気にする必要はありません。これはこの島でこれまで何度も起きてきた、自然現象ですから」

「……自然現象？」

この苦しみ、涙し、叫ぶような感情の波が、いつも通り？

俺にはとてもそれが、自然のことだとは思えなかった。

「本当に、大丈夫なんですか？」

「はい。我々には大精霊様たちがついていますから」

「……」

納得出来ないという雰囲気を出すと、なぜかハイエルフの女性はこれまでの無表情が嘘のように柔らかく微笑んだ。

「お父上は優しいのですね。だからスノウ様もお認めになったのでしょう」

「ぱぱ大好き」

「ええ、とても良き人に出会えましたね」

「うん！」

やはりハイエルフもアールヴ同様、大精霊のスノウに敬意を持っているのだろう。

穏やかな雰囲気でまるで母のような気配を見せる。

「これに関しては、我々ハイエルフと大精霊様たちでなんとか解決します。お気になさらないでお戻りください」

それだけ言うと、彼女は名乗ることもせずに消えてしまった。

「なにやら相当な問題が起きているようだな」

「うん。なにか手伝えることがあればいいんだけど……」

「あれだけ自分たちでやると言っていたのだ。向こうが助けを求めて来るまでは、好きにやらせた方がいい。それより、元の場所に戻って――」

エディンバラさんの言葉が途切れる。

それと同時に、俺たちは元の森の中に戻っていた。

「……まったく、力ずくで追い出せるなら最初からそうすれば良かろうに」

「あはは。でも情報は教えて貰えたんだし、良かったですよ」

「そうです！　えっと、このまま南の方に行けばいいんですよね!?」

一応地図を開くと、今いる位置より南に進むと湖がある。

俺もこの島に来たとき、最初に飲み水を探したのだから、もし遭難しているとしたら……。

「それじゃあ、まずはここを目指してみようか」

「はい！」

ようやくアークさんが見つかると思ったセレスさんは嬉しそうに返事をして歩き出す。

第十章　全員集合

ハイエルフの里からさらに南に進んだ辺りで、スノウが俺の肩を叩く。

「ん？　どうしたの？」

「もう下りる」

先ほどまでまるで赤ちゃんのようにがっつり抱きついていたスノウだが、もう必要ないらしい。

スノウを下ろすと、元気になったみたいで俺たちの前を走り出した。

「こけないようにね！」

「はーい！」

その姿はもういつも通り。

世界樹を見たとき、大精霊であるこの子があれだけ嫌がったのだから、世界樹だけでなくハイエルフや大精霊にとっても大変ななにかが起きているのだと思う。

——自分たちでなんとかするって言ってたけど、本当に大丈夫かな？

干渉のし過ぎが良くないのはわかっているが、どうも落ち着かない。

とはいえ、あのハイエルフさんの態度からしても、俺たちが求められていないのもまた事実。

「もし助けを求められたら、そのときは協力しよう」

一人でそう思っていると、いつの間にか三人はだいぶ先を進んでいた。

「ぱぱー！　こっちだよー！」

「すぐ行くよー！」

スノウとセレスさんに先導される形でまっすぐ南に進んでいくと、森を抜けて巨大な湖が広がっていた。

先ほど見たハイエルフの里に比べるとどうしても見劣りするが、それでもかなり美しい光景だ。

「みずだぁぁぁぁ！」

「あ、スノウちゃん待ってください！」

海とは違う形の大きな水たまりを見て、スノウのテンションが最高潮になってしまう。

うわぁぁぁ、と声を上げながら両手を上げて走り出し、それをセレスさんが追いかけ――。

「……」

「エディンバラさん、どうしたんですか？」

「いや、先ほどのハイエルフのことを少し考えていた。直接会ってみた感じだが、やはりあれは私に似ていると思う」

「ああ、たしかに……」

「まあ、だからなんだという話ではないのだがな」

「もしかしたら、貴方のことを知っているエルフもいるかもしれませんね」

元々この島はヴィーさんを封印するために神が作り出した牢獄。

彼女を殺すために多くの怪物や最強種たちがこの島に連れてこられ、そうして今の形に落ち着いたという話だ。

何百年と生きられるハイエルフであれば、もしかしたらこの島に来る前のヴィーさんと出会っていたのかもしれない。

そして、縁がこの島に辿り着くために必要なものだとしたら……。

「ふっ……仮にかつての私の知り合いがいたとしても、ハイエルフの同族も、私と繋がりのある人も、きっと忘れているさ」

「でも……」

「お前は何百年も前の出来事を覚えていられる自信はあるか？」

そう言われてしまうと、無理だと思う。

子どもの頃に遊んだ友達の名前だって全員は出てこないのに、何百年も前の出来事など覚えていられるはずがなかった。

「無理、ですね」

「人間ですらそうなんだ。エルフなど一部のこと以外にはほとんど関心がない種族だぞ？　覚えていられるはずがない」

「そう、かもしれません」

俺の言葉を聞いても彼女は特に思うことはないらしく、ただ少し寂しげな表情を見せる。

「ただまあ、あの雰囲気を懐かしいと、少しだけそう思ったんだよ」

「それじゃあ、エディンバラさんにとって……」

「ん？」

「この島に来ることはきっと、凄く大切なことだったんでしょうね」

ゼフィールさんが言っていた。

記憶を失う前のエディンバラさんは、なにか明確な目的を持ってこの最果ての孤島——神島アルカディアに向かうと決めたのだと。

つまり、何百年と生きてなお忘れられないなにかがこの島にあると思ったのだ。

「ああ、そうだな。きっとそうなのだと思う」

「なにか心当たりはないんですか？」

「記憶喪失の相手にそれを聞いても意味はないだろう」

少し呆れたように言われて、たしかにと思った。

なんというか、彼女は記憶喪失にしては冷静で、大人びていることもあって、その事実を忘れてしまうときがある。

まあレイナや他の七天大魔導の面々の態度から、本当にこれまでとは大きく違う性格をしているのだろうけど……。

――でも記憶喪失って、そもそもそんな人格が変わるものなのかな？

俺の中のエディンバラさんは面倒見が良く、それでいて周囲をよく観察して対応してくれる人のイメージだ。

だからみんなの言う暴君のような彼女がどうしても想像出来ない。

「まあ、記憶をなくして良かったと思うこともあるさ」

「え？」

「お前たちとこうして一緒にいるのは、悪くないからな」

そうして微笑む彼女の視線には、走り回るスノウやそれを追いかけるセレスの姿があった。

「もし記憶を持ったまま出会っていれば、きっと私は敵対行動を取っていただろう」

「そうですかね？」

「他の者たちが語る私だったら、そうしてると思うぞ」

七天大魔導のエディンバラさんは、ある意味で暴君そのものだと他の面々も言っていた。

「……そうかもしれませんね」

それを見たことのない俺には、そんな彼女は想像も出来ない。

ただレイナたちが嘘を吐いているとも思えなかった。

「でも俺は、エディンバラさんの記憶も戻って、それでも一緒にいられたらいいなと思いますよ」

「……」

エディンバラさんは俺の言葉を聞いて、呆気にとられたような顔をする。

そしてすぐに破顔して、くすくすと笑い出した。

それ以上は特になにも言わなかったが、その表情で彼女も同じ想いなのだろうとわかる。

――本当に、この人はいったいなんのためにこの島を目指したんだろう？

何百年もの時を過ごし、それでも叶えたいこと。

記憶を取り戻したときにそれが見つかるといいなと、心の底からそう思った。

「おおおぉぉぉぉぉー！　大きいぃぃぃぃ！」

湖を見てテンションが上がってしまったスノウが瞳を輝かせて叫んでいる。

あの周辺は地面がぬかるんでいて少し歩きにくく、足を取られそうだ。

「あの子は私が見ておこう」

「いいんですか？」

「一人にはさせられんからな。それに聖女も早く仲間の安否を確認したそうにしているし、お前は付いていてやれ」

見れば、セレスさんはかなりそわそわしていて、動きたそうにしている。

とはいえ彼女一人ではこの島の魔物に対応出来ないので、動くに動けない状況だ。

「すみません、そしたらスノウをお願いします」

「ああ」

自身の足下が汚れることなど気にせず、泥のところで遊び回るスノウの方へと向かってくれる。

「セレスさん、待たせてごめんね。それじゃあ行こうか」

「はい。よろしくお願いします！」

俺が振り向くと彼女はホッとした顔を見せ、頷いた。

◇

エディンバラさんがスノウの相手をしてくれている間、俺とセレスさんは周囲を探索する。

地面が乾燥していた森と違って、この辺りは湿地になっていて、少し歩きづらい。

「セレスさんは大丈夫ですか？」

「これでも旅は慣れてますから！」

むん、と力を入れる姿に不安はなく、真剣な表情で前を見る。

「アークさんたち、無事だと良いけど……」

「大丈夫ですよ。だってアークは、大陸でただ一人『勇者』に選ばれた人ですから」

いくら勇者でも、ただの人間がこの島の魔物を相手取るのは無理だと思っていた。

しかし彼女の言葉には絶大な信頼が込められていて、なにも知らない俺でさえ無事なんだろうとしか思えなくなっている。

「信頼しているんだ」

「たとえどんな困難が訪れても絶対に折れない強き心を持ち、人々の希望となる存在。それが勇者アークなんです」

「そっか。ならきっと大丈夫だね」

俺は彼女たちがしてきた旅を知らない。

ただそれでも、きっとその信頼に足るだけの歩みをしてきたのだろう。

「はい……あ、あれを見てください！」

セレスさんが指差す先。

少し進んだ先にある森の中に、人が居た痕跡を見つけた。

すでに解体されているが、雨避《あまよ》けを作るために使ったであろう木の枝。

それに焚き火の跡もある。

恐らくつい最近まで誰かがここで生活をしていたのだろう。

念のため木に触れてみるとまだ温かさが残っていた。

「うん、間違いない。今朝までここにいたみたいだ」

セレスさんと顔を見合わせる。

「きっとアークです！」

「これは、一人分じゃないな……ということは七天大魔導のセティさんも一緒かも」

良かった。この感じならきっとまだ生きているだろう。

それに二人一緒に行動していたのがわかって、これ以上あちこち捜さなくて済みそうだ。

「あれは……」

森の木が踏みつけられた跡を見つけた。

一瞬、魔物たちから逃げるためにアークさんたちがわざと残した痕跡かもしれないと思ったが、その割にはかなり雑だ。

多分ここで魔物と遭遇し、慌てて逃げ出したのだろう。

「行きましょう！」

「うん」

足跡を追いかけて森の奥に進んでいく。

幸いなことに、この辺りは湿気で地面が濡れているので追跡しやすい。

しばらく進むと、大木が倒れていて、二人分の足跡が途切れていた。

「おーい！」

「アーク！　いるなら返事をして！」

俺たちが声を上げるが残念ながら返事はなく、近くにはいないようだ。

さてどうするか、と悩んでいたら少し離れたところで魔物の雄叫びが聞こえた。

相手を威嚇するようなもので、なにかと戦っている様子。

「行ってみよう！」

「はい！」

魔物の声がする方へと駆け出すと、二本足で立つ巨大なカエルが見えた。

初めて見る魔物だが、ぱっと見は丸みがあって可愛らしい。

だが隣のセレスさんの顔色を見る限り、やっぱりあれも凶悪な魔物なのだと理解する。

それに——。

「アーク!?　そんな——！」

ちょうど捕まったばかりなのか、カエルのベロには二人の男性が巻き取られていた。

片方はアークさんで、見覚えのないもう一人の鎧の人がセティさんだと理解する。

すでにアークさんは気絶し、セティさんはその拘束から抜け出そうと必死だ。

しかしその力が強いからか、上手くいかないらしい。

「セレスさんはここで待っててて！」

俺は飛び出し、そのままカエルへ接近。

いつもみたいに殴り飛ばしたら二人まで危険だから、まずは伸びている舌を掴もうとして——。

「うえっ……」

にゅるん、と手が滑る。

そしてとてつもない不快感のある液体が手に付いてしまい、思わず声が出てしまった。

「ギュエエエエエ！」

「っ――!?」

俺の存在に気付いたカエルが、苛立ち混じりに前足でなぎ倒そうとしてくる。

それを慌てて回避。

当たってもダメージはないのだろうけど、このカエル……全身ぬめぬめしていて気持ちが悪い。

――当たったら、またあの感触が……。

俺はこの島の魔物たちの攻撃をほとんど避けない。

それはティルテュやルナのタックルでも同様だが、このカエルの攻撃は、もう二度と受けたくないと思ってしまった。

とはいえ、このままではアークさんたちを助けられない。

「それなら……」

掌を前に出し、かつてレイナが放った風の魔法を思い出す。

「ぐ……無駄だ！」

カエルの舌に巻き込まれたセティさんは俺がなにをしようとしたのか気付いたのか、必死に声を上げた。

「俺も風の魔法は何度も試した！　この魔物には風の魔法は一切通用しな――」

「断罪の風刃《ゼピュロス》！」

「ギュアェェェェ！」

「……い？」

解き放たれた風の刃はカエルを真っ二つにし、その勢いでアークさんたちは舌から離れていく。

空中で信じられない、という顔のセティさんは、そのまま地面に転がり落ちる。

アークさんは気絶しているので当然だが、どうやらセティさんも呆気に取られて着地出来ずに倒れてしまった。

「っ――!?　ぐぅっ……」

その後も立ち上がれない様子。

どうやらあのカエルの舌には身動きが取れなくなるような毒があったらしい。

「セレスさーん！　もうこっち来て良いから、二人を治してくれるー!?」

この島で怪我をすることのない俺は、回復魔法とかは覚えていない。

多分レイナは使えるのだろうけど、これまで使う機会がなかったので見たこともなく、コピーもしていなかった。

――でも、もしかしたら使う機会があるかもしれないから、ちゃんと覚えておこう。

セレスさんは慌てた様子でこちらに近づいてきて、すぐにアークさんの方に駆け寄った。

そしてベトベトになった彼に躊躇うことなく触れると、回復魔法を使用。

淡い緑色の光がアークさんを包むと、悪かった顔色も徐々に良くなり、呼吸も安定し始める。

「貴様……聖女、か？」

「動かないでください！　毒が全身に回りますよ！」

セティさんの言葉に答えることもなく、すぐにそちらにも回復魔法を使い始めた。

普段の穏やかな表情とは一転し、とても真剣な顔つき。

まるで手術をする医者のようで、凄いなと思う。

そうしてセレスさんはあっという間に二人を治してしまうと、一息吐いて額の汗を拭く。

「これで大丈夫です。動けますか？」

「……ああ。見事なものだ」

「良かったです」

「……」

柔らかく微笑む姿はまさに聖女で、木漏れ日を纏った彼女はまるで絵画から飛び出してきた女神のように美しい。

俺でさえそう思ったのだから、直接彼女に助けてもらったセティさんもきっとそう思ったのだろう。

ただ呆然と、なにも言えずにじっとセレスさんを見つめ続けるだけだった。

「……？」

そして当の本人はというと、なぜそんなに見つめられているのだろうと首を捻《ひね》る始末。

――中々罪な人だなぁ。

そんなことを思いながら、俺はとりあえず倒れているアークさんの服を脱がす。

「ひゃぁ!?　あああ、アラタ様!?　いったいなにをされているのですか!?」

「いや、さすがにこのままにはしてられないでしょ」

気絶しているアークさんは、怪我や状態異常こそ治っているとはいえ、粘液でベチョベチョだ。

この状態の彼をあまり触りたくはないが、さすがに人命救助が最優先。

汚れるのを覚悟で服を脱がさないといけないのだ。

「あ、ははは……そうですよね。ええ、わかっていましたとも！」

「……まさか、俺が男に欲情して脱がしにかかったとでも？」

「ま、まさかぁ……だってアラタ様には、レイナ様がいますから……」

セレスさんはそう言いながらも、俺の目線がよっぽど気まずかったのか全力で視線を逸らす。

思えば、過去にレイナを助けるために同じ感じで服を脱がしたことがあったっけ。

あのときのことは出来るだけ思い出さないようにしていたのだが、まさかこんなタイミングで思い出す切っ掛けになるとは思わなかった。

「とりあえずこれで……と」

俺はアークさんの服を全部脱がすと、自分の着替えを収納魔法から取り出して着せていく。

自分の下着を着せるのは気持ちの良いものではないが、さすがにパンツなしでズボンを穿《は》かせるわけにもいかないしなぁ……。

洗ったものだから大丈夫、と言い聞かせて俺の服を着せ、元々着ていた服は水魔法で綺麗に洗浄してしまう。

後ほど落ち着いたところで乾かすため、収納魔法に放り込んで次はセティさんだ。

自分のやるべきことを理解しているのか、彼は順番に鎧を脱いでいき、同じように水でざっくり洗ってしまった。

こういう生活魔法はレイナから色々と教えて貰ったから、俺も得意だったりするんだよね。

「これ、俺の着替えなんでとりあえず使ってください」

「……助かる」

もう一着俺の着替えを渡して、セティさんは立ち上がった。

「ところで、なぜ彼女はじっとこちらを見ていたのだろうか……」

「興味があったんじゃないですかね？」

さすがにこの危険な森の中で一人にするわけにもいかず、ここに残って貰ったわけだが、掌で顔を隠しながらも指の隙間は普通に空いていた。

まあ教会育ちだった、ということもあって男の裸など中々見る機会もなかったのかもしれない。

——いや、でも普通怪我した人とかの裸は見るよな？

となれば、そういう状況でもほとんど見ない部分に興味があった？

「……これはもう彼女の名誉のためにも考えないでおこうか」

とりあえずセティさんは一人で動けるので、俺がアークさんを背負って森を出ようとしたところで、先ほどのカエルの仲間が現れた。

「ちょっと、邪魔しないでくれるかな？」

倒すのは簡単だが、狩りをしているわけでもないので、ただ睨む。

それだけで実力差がわかったのか、カエルは必死の形相で逃げ出してしまった。

「災厄級の魔物を……お前はいったい何者なんだ？」

「俺はアラタ。この島に住んでいる人間ですよ」

「……人間？」

ついに初対面の人にまでこんな反応をされるようになってしまい、地味にショックを受けた。

「お互いの事情についてはまた歩きながらでも話しましょう。まずはこの森を出て、俺たちの家に案内しますから」

「そう……だな」

まずはスノウたちを迎えにいかないと。

多分またエディンバラさんを見て驚くだろうけど、記憶喪失って説明するのも合流してからで良

いかな。

――今ここで話しても実感がわかないだろうし……。

決して、いきなり人外扱いしてきたことに対して、ちょっとした意趣返しをしようだなんて思っていないのだ。

まあ結果的に、無表情に近いセティさんの顔が全力で崩れてちょっと面白かったのも、ただの結果でしかないのである。

◇

家までの道中で暗くなってしまったので、森の中で一泊することになった。

俺は収納魔法からテントを取り出して、野営の用意。

アークさんはまだ起きないので、セティさんとコミュニケーションを取ってみる。

そして彼らの事情はだいたい把握出来た。

やはりエディンバラさんたちと同じように遭難して、アークさんと二人で森にいたらしい。

元々敵対関係の二人。

だがアークさんはそういうことを気にしない性格らしく、協力を申し込んできた。

そして一気に探索をしてしまおうと思っていた二人だが、その行動はすぐに頓挫する。

この島の魔物一体一体が、大陸でいうところの災厄級であり、戦い始めれば命がいくつあっても足りないと気付いたからだ。

「幸い俺もアークもサバイバル術には長《た》けていたからな。魔物から身を隠しながら生活すること事態はそこまで苦ではなかった」

そうして拠点を作って一週間ほど過ごし、少しずつ森を探索していたところで、カエルの襲来。

拠点を捨てて逃げ出したはいいが捕まってしまい、あとは俺たちが見た光景のままだったという。

「あの魔物には俺の風魔術もまるで通用しなかったのだが……」

「あはは、まあ魔力には結構自信があるから」

「……どうやら俺は、七天大魔導になってうぬぼれていたらしい」

少し凹んでいるようにも見えるし、どうしよう……。

そう思っていると、スノウとともに枝を拾い集めてくれていたエディンバラさんが近づいてくる。

話を聞いていたらしく、セティさんの肩に手を置いた。

「セティ、気にするな。アラタがおかしいだけでお前は一流の魔法使いだよ」

「……」

エディンバラさんが慰めるような言葉を言うと、セティさんの無表情が崩れる。

どうやら彼からしたらよほどあり得ない行動らしい。

「まあこの島の魔物はおかしいから……」

「あれを当たり前に倒せることのおかしさを自覚しながら言っているのだな？」

「うぐ……」

この島全部がおかしんだ、と言い訳をしたらばっさり切られてしまう。

「スノウもたおせるよー」

「ほら、俺だけじゃない」

「その言い訳が本当に通じると思っているのなら、認めてやってもいいが？」

「すみません」

そんな会話をしているうちに野営の準備は整った。

テントではセレスさんがアークさんを看病しているので、俺たちは外で焚き火に当たる。

セティさんは自分から話題を振るタイプではないらしく、しかしこの島のことについてもっと知りたい気配は感じた。

なので俺はとりあえず、自分がこの島に来てからの出来事を順番に語っていく。

――最近、同じ話ばかりしてるからだいぶ慣れたな。

あと、その反応にも。

「信じられん……だが、ただの野生動物と同じ頻度で災厄級の魔物が現れるのだから、信じるしかない、か……」

「慣れたら自然も豊かで綺麗だし、良い島ですよ」

「俺には地獄にしか思えんが……？」

「慣れますよ」

最近はマーリンさんやゼロスだって、自分たちで交流の輪を広げて楽しそうにやってるみたいだし、慣れたのだろう。

ゼフィールさんなど、もはや故郷はここだと言わんばかりに、鬼神族の里に馴染《なじ》んでいる。

さすがに他の面々はまだこれからだろうけど、それもすぐに慣れる気がした。

「とりあえず、一人も死者がいなくて良かったです」

「カーラたちも見つかっていると言っていたな」

「はい。元気にやってますよ」

ま、一番メンタルがやられてるのは、なんだかんだであの人な気がするけど。

多分何度凹んでも立ち直るタイプだから大丈夫だろう。

「明日には家に着くので、そしたらこの島の事情をもう少し詳しく説明しますね」

「頼む」

どちらにしてもアークさんが目を覚まさないと、また同じ説明をしないといけないからなぁ。

レイナから借りている軍用テントは全員が雑魚寝をしても十分な広さがある。

とはいえ年頃の男女が一緒に寝るのも気が引けるので、俺は外で見張りをすることに。

同じことを思ったのか、セティさんも外に出てきて、今は寝袋を使って眠っている。

如何《いか》に歴戦の勇士とはいえ、命の危険に晒され続けて一週間……さすがに体力の限界だったのだろう。

俺は一人で焚き火を見ながら、小さく息を吐く。

「とりあえず、誰も死ななくて良かった」

レイナやゼロスたちの話だと、一緒に船に乗ってきた人たちはみんなこの島には辿り着けなかったらしい。

おそらく結界に阻まれて、そのまま海に放り出されてしまったのだろう。

そういう意味では、今回の面々は自分たちで船を出したらしく、他の人たちは乗っていないのでこれで全員無事に救出出来たと言える。

「あとは家に帰るだけだ」

帰ったらゆっくりしよう、と思っていると背後のテントから誰かが出てくる気配がした。

振り向くと、アークさんが困惑した顔でこちらを見ている。

「あ、起きたんですね」

「貴方は……アラタ様？」

「様付けは止めて欲しいかなぁ……普通にしてくれたらいいよ」

起きたばかりで状況が理解出来ていないのだろう。

近くにはセレスさんも眠っていたはずだし、とりあえず自分が助けられたことは理解出来ているみたいだ。

「こっち来ますか？」

「はい……正直なにがなにやら、という感じなので……」

それはそうだろう。

彼を助けたとき、すでに気を失っていた。

目が覚めたら知らないテント。

仲間のセレスさんだけでなく、エディンバラさんと知らない子どもがいる状況。

これで理解しろというのは無理というものだ。

アークさんは正面に座ると、すぐに頭を下げてきた。

「助けてくださったみたいですね。ありがとうございます」

「うん。タイミング的には結構ギリギリだったけど、無事で良かったよ」

俺がそう言うと、アークさんはカエルにやられたことを思い出したのか少し顔を青ざめさせる。

正直あれは、トラウマになってもおかしくないと思う。

「……」

「……」

しばらく無言が続く。

以前一度だけ会ったことがあるとはいえ、ほぼ初対面の相手。

「さて、なにから話そうか……」

パチパチと火の音が響く中、星空を見上げる。

太陽が昇るまでは、まだ時間も結構ありそうだ。

とりあえずいつも通り、この島のこと、俺のこと、そしてセレスさんと出会ったあとのことなどを順番に話すとしようか。

多分話しても実感はわかないだろうけど、それでも説明しないわけにはいかないのだから。

◇

翌朝。

「おはよぉおおおおおー！」

元気いっぱいのスノウがテントから飛び出して俺の背中に飛びついてきた。

最近力もだいぶ強くなってきたので、手加減なしのタックルは危ないから俺以外にはしないように言わないとなぁ。

「おはようスノウ。相変わらず早いね」

「昨日ぱぱと寝れなかったから、今から遊ぶんだ！」

「そっか。遊ぶのかぁ」

「うん！」

可愛いから良いけど、さすが子どもというか、まったく理屈がなってない。

まあセレスさんたちもまだ出てくる気配がないので、ちょっとくらいは大丈夫だろう。

ちなみにセティさんは先ほどのスノウの声を襲撃と勘違いしたのか、臨戦態勢を取っている。

「とりあえず、顔でも洗います？」

「……そうさせてもらおう」

俺が水を取り出すと、少しだけ離れた場所で顔を洗い始める。

本当は川とか水辺まで行けたらいいのだが、あまり遠くに行き過ぎると魔物に襲われたときに対応出来ないので、今はこれで我慢してもらうしかなかった。

「ぱぱ！　ぱぱ！　なにしてあそぶ!?」

そして彼女の中では俺と遊ぶことが確定事項になっているらしい。

焚き火を片付けたりと、出発する前に色々とやらないといけないことは多いんだけど……。

「片付けとかは俺がしておきますよ」

「いいの？」

「はい。助けて頂いてここまで運んで貰ったんだから、これくらいはやらせてください」

病み上がりで申し訳ないが、なにか役割があった方が助かる場合もあるよな。

「それじゃあアーク、お願いするね」

夜に話している間、セレスさん同様敬語は必要ないとのことだったので気軽に頼む。

「よいしょ……」

俺の背中をよじ登ったスノウは、そのまま肩車の体勢に。

そして頭をポンポンと叩くので立ち上がり、テントから見える範囲で軽く走ってみる。

「あはははははー！」

「よっと」

そしてそのまま垂直にジャンプすると、力加減を間違えて空高くを飛んでしまった。

『つ――!?』

目の前には鳥の親子がいて、いきなり現れた俺たちに驚いている。

「おおー」

ビックリして固まっている鳥をスノウは手を伸ばして捕まえようとしているので、その小さな腕を摑んで止める。

「駄目だよ」

「えー、なんでー？」

「向こうが危ないからね。よっと」

着地のときの衝撃を減らすために浮遊魔法を使ってゆっくり降りると、ちょうど着地先にセティさんがいて驚いた顔をしていた。

「ぱぱ、もう一回！」

「はいはい」

どうやら先ほどのジャンプが気に入ったらしく、それから何度もやらされてしまった。

なんで子どもは同じことをやっても飽きないんだろうか？　永遠の謎かもしれない。

そうしてしばらくスノウと遊んでいると、テントからセレスさんたちが出てくるのが見えた。

「はい、それじゃあここまで」

「えええぇぇぇぇ！」

「あとは帰ってから……」

どうやら彼女はアークが起きたことに喜び、涙ながらに抱きついている。

セレスさんたちの関係がただの仲間なのか、それとも男女の恋愛ごとが絡んでいるのか、それはわからないけど……。

――もう少しだけ二人っきりにしてあげた方がいいかな？

「それじゃあスノウ、あと三回だけね」

「やあったああああ！」

よっぽど嬉しいのか凄くテンションが高い。

なんだか最近、感情表現がすごいことになってきたなぁ。

これも成長したってことなんだと思うけど、レイナは大変になるかも。

——出来るだけ俺も一緒になって育てないと。

そんなことを思いながら、スノウとの遊びを延長するのであった。

ちなみに後で聞いた話だが、この間エディンバラさんはテントから出られず、少し遠目で見ていたセティさんも近づくに近づけなかったらしい。

「……」

「……」

すべてを見られていたと知ったセレスさんとアークの二人は、顔を赤くしながら歩いている。

なんというか初々しくて良いなぁ、なんて思っていると森の出口が見えてきた。

「さあ、もうすぐ家ですよ」

昨日出発して、今日はレイナたちも家づくりなどをしているはずだ。

エリーさんもだいぶ心配していたし、早く顔を見せてあげた……い？

「おかしいな。俺の知ってる景色とちょっと違うんだけど……」

「あそこまで来ると、もう村だな」

俺の家と、マーリンさん、ゼロスさんの家があるだけだったはずの地域。

だが今、ぱっと見ただけでもかなりの数の家が建てられている。

恐らく新たにやってきた人たちの家なんだと思うんだけど……。

「いや、昨日の今日であれはおかしくない？」

「まあ一流どころの魔法使いがあれだけ集まれば、可能なのだろうな」

「そっかぁ」

明らかに増えた家の数々。

たしかゼロスやマーリンさんたちの家を作るときは結構時間がかかったはずだけど、どうやれば
あんなに早く出来るんだろ？

そう思って近づいて行くと、凄い人数が集まっていることに気が付いた。

――あれ、五十人はいない？

その中にはエルガとルナもいて、俺に気が付いてやって来る。

「ようアラタ、帰ってきたのか」

「あ、本当だ！　お兄ちゃんお帰りー！」

「うん、ただいま。ところでこれは……？」

見れば彼らだけでなく、ガイアスなど神獣族の面々も結構集まっていた。

それはレイナの食事を食べに来るので良くあることだけど……。

「神獣族だけじゃなくて、鬼神族と古代龍族のみんなもいない？」

「おう、なんかレイナが声かけたらすげぇ集まってきた」

「そ、そうなんだ……」

俺の後ろではセレスさんやアークたちがただただ呆然としている。

幸いみんな力を抑えているから、彼らの気分が悪くなることはなさそうだが、改めて見ると凄い光景だ。

「あそこにいる誰か一人でも本気を出したら一国くらいは簡単に墜ちるんだけど……」

レイナは現場監督みたいに紙を持ってみんなに指示を出している。

それに合わせてテキパキと動く面々を見ていると、まるで彼女を中心とした軍隊にも見えてきた。

「なんというか、みんなレイナの言うことときっちり聞いてるね」

「もう神獣族のやつも、古代龍族も鬼神族も誰もレイナには逆らわねぇからな」

やっぱりこれだけの種族が集まった当初はトラブルも発生したそうだが、それを一喝したのがレイナだったらしい。

しみじみと語るエルガを見れば、そのときの光景が目に浮かび上がる。

いつこの島の全員をまとめ上げちゃうんじゃないか？　なんて思っているとレイナが俺たちのことに気付いて駆けだしてくる。

「お帰りなさい」

「ままだ！」

スノウは嬉しそうな顔でレイナに抱きつき、彼女もそれを受け入れる。

そうしていつもの体勢になり、落ち着いた様子。

「なんか凄いことになってるね」

「そうなのよ。ここまで大事にするつもりはなかったんだけど……」

工事現場を見ると、昨日の今日なのにほとんどの家が完成に近づいていて、明日にはすべて完成しそうな勢いだ。

「それで、これってどういう状況なの？」

「えっと、とりあえず家を作るのに人手があった方が良いからグラムに声かけたら古代龍族が全員来て、偶然やってきたギュエスに声かけたら鬼神族が全員来て……」

「神獣族はねぇ、ルナが呼んだんだよー」

「って感じね」

元気いっぱいに答えるルナに、レイナは苦笑する。

「これもアラタのおかげかしらね」

「俺の……かな？」

どちらかと言えばレイナのご飯につられて来たんじゃないだろうか？

まあどちらにしても、みんな喧嘩をせずに手伝ってくれるのはとてもありがたいことだ。

「レイナか……」

「セティ、貴方も無事だったのね」

「ああ。アラタに助けられた」

元々仲の良い関係というわけではなかったからか、二人の再会は素っ気ないものだ。

「あの、アラタ様……あそこに私たちが行っても良いのでしょうか？」

「みんないい人ばっかりだから大丈夫だと思うよ」

恐る恐るといった様子でセレスさんが聞いてくるので軽く答えておく。

早くエリーさんに会って、アークの無事を報告したいのだろうが、まだ躊躇っている様子。

まあ、あの中に入るのはそりゃ勇気がいるよな。

「とりあえずあっちに行こっか」

「そうね」

ゼロスやマーリンさんはだいぶ島の環境に慣れて、体調が悪くなることもなくなっている。

わざわざ力を抑えているのは、あの場に残ったエリーさんとかに気を遣ってだろう。

あれだけの空間にいきなり行くのは彼女たちにとってハードルは高いので、俺たちが先導するように歩く。

出たときにはなかった家が四つほど増えていて、一番大きな家の前にエリーさんが立っていた。

彼女は古代龍族の面々と話し込んでいて、こちらには気付いていない。

「エリー！」

「え？　あ、セレス。それに……」

「ただいま、エリー」

「アーク！」

手に持った設計図を放りだし、走り込んできたエリーさんは勢い良くアークに飛びつく。

しっかり受け止めた彼は、そのまま優しく抱きしめた。

「アンタ！　心配かけるんじゃないわよ！」

「……ごめんね」

「ごめんって言うなら！　私たちから離れるなばかぁ！」

「エリー……っ——!?」

感情的になって涙声で叫ぶエリーさんに感化されたのか、セレスさんも同じように涙を浮かべる。

そしてそのまま二人に抱きつくと、大きく泣き出した。

アークは女性二人に泣かれて困った顔をしながらもしっかりと受け止める。

三人の男女が泣く姿は注目の的となり、なんとなく微笑ましい空気が辺りを包んだ。

「あーあ、天下の勇者パーティーが大泣きしちゃって恥ずかしぃー」

「なんだカーラ。自分が帰ってきたとき誰にも相手をされなかったことに対する嫉妬か？　それならまた私が抱きしめてやっても良いぞ」

「は、はぁー！　そんなことありませんけどー！　そんなこと望んでませんけどー！」

隣ではエディンバラさんとカーラさんがそんなやりとりをしているが、たしかに彼女は誰からも心配されていなかったことに不満げだったな。

改めてセティさんを見ると、いつの間にか近くにやってきていたゼロスたちが声をかけている。

その様子に気付いたカーラさんがちょっとショックを受けているが――。

――まあ見なかったことにしておこう……。

なんにせよ、これで一応全員無事に見つけることが出来た。

ハイエルフの里での出来事など、気になることは残っているけど、きっとそれは彼女たちが解決してくれるだろう。

一先《ひとま》ず、捜していた全員を無事に集めることが出来た。

「これでしばらくはゆっくり出来そうだな」

そう思いつつ、家作りを手伝ってくれているみんなのところに顔を出しに行くのであった。

第十一章　異種族の恋

遭難していた七天大魔導、そして勇者パーティーの三人。

別々にこの島へやってきた彼らを全員見つけることが出来、ようやく一息吐けた。

それぞれの家も作ったし、しばらくゆっくり出来そうだ、と言ったのがつい先日の話で——。

「グラァム！　我は貴様に決闘を申し込ぉぉむ！」

「あぁん!?　いきなりなんだテメェ！」

これだけの種族が集まってなにも問題が起きないはずがなく、さっそくそんな叫び声が辺りに響き渡った。

◇

みんなの家が完成した夜——色んな種族が集まって完成祝いの宴会中。
暴れる一歩手前のギュエスの手には瓢箪《ひょうたん》が握られていて、酔っているのは一目でわかった。

サクヤさんのことがある以上、二人がぶつかるのは必然なのかもしれないけど、なにも今じゃなくていいのに。

「ギュエス、ちょっとストッ――」

「事情は聞くんじゃなぁぁぁい！　ただ貴様は我と戦えばそれでいいのだぁぁ！」

「はっ！　酔っ払ってるテメェに勝ってもなんの自慢になんねぇけどよ！　そんなに言うならやってやろうじゃねぇか！」

完全に酔っているというほどではないが、だいぶテンションが高くなってしまっているようだ。

俺の声はまるで耳に入っておらず、鼻息を荒くしている。

しかも周囲はやれやれー、と楽しそうに煽って、止められる雰囲気ではない。

喧嘩を売られたグラムもだいぶ乗り気になっている様子で、一触即発といった様子だ。

「アラタ……」

状況に気付いたレイナが俺の隣にやってくる。

彼女も事情は把握しているからギュエスの想いもわかっているが、だからといってこのままでいいとは思っていない様子。

「サクヤさんは来てないんだよね？」

「ええ。ギュエスが今回は古代龍族もいたから連れてこなかったって」

「あー……」

あれだけ胸の内をさらけ出したのに、どうやらまだ最後の踏ん切りが付いていないらしい。

「このタイミングでいてくれたら、色んな種族もいるから自然に紹介とかも出来たのに……」

「まったくだわ」

――まあだから連れてこなかったんだろうけど、いい加減認めた方が楽だと思うんだけどなぁ。

「おいアラタ、あれ大丈夫なのかよ？」

「さすがに気配が尋常じゃないわよ」

ゼロスやマーリンさんが困惑したような顔をして俺に尋ねてくる。

「さすがに不味い、かな……」

普段以上にすさまじい剣幕を見せるギュエスに触発されて、グラムも本気で力を解放しようとしていた。

この二人やレイナは慣れているとはいえ、あの二人が本気でぶつかり合ったら他の面々が潰れる可能性すらある。

「いいぞギュエス！　もっと言ってやれー」

「グラム！　ここまで言われて引いたら古代龍族の恥だぜ！」

「古代龍族と鬼神族の喧嘩か！　漢を見せろよお前らー！」

すでに古代龍族と鬼神族、それに喧嘩好きな神獣族まで交ざって二人を囲い始めていた。

このままだと今すぐにでも決闘が始まってしまいそうだ。

それ自体は好きにやらせれば良いと思うのだが、あの二人が本気になったらせっかく作った家まで吹き飛ばされてしまうかもしれない。

「……仕方ない。ここは俺が――」

「あの……」

「え？」

聞き覚えのある声が背後から聞こえて振り返ると、鬼神族の里にいるはずのサクヤさんが立っていた。

「サクヤさん？　どうしてここに……？」

「今日の宴会には色んな種族の人が集まるって聞いていたので、その……」

「ワシが無理を言って案内をお願いしたのですよ。気付けば鬼神族の男衆は全員いなくなって、一人酒も寂しいものでしたからなぁ」

恥ずかしそうにしているサクヤさんをフォローするように、隣に立つゼフィールさんが口を開く。

ゼフィールさんもちゃんと呼んでいたはずだけど……。

「せっかく楽しい酒が飲めるというのであれば、参加しないわけにはいかないでしょう」

俺に向けて笑いながらギュエスが持つのと同じ瓢箪を見せる。

それで彼が敢えて残り、この状況を作ったのだとわかった。

「はは」

「ふっ」

つい笑みが零れ、意図を理解したことに気付いたゼフィールさんもまた笑う。

みんなの家作りをしていたとき、鬼神族の里ではサクヤさんたちに世話になっていた彼だ。

恩には恩を返す、ということだろう。

――相変わらず、気の利く人だなぁ。

とはいえ宴会を楽しみたかったのも本音なのか、この空気の中でも楽しそうに瓢箪の酒を飲む。

「いやはや、自由に酒が飲めるというのは良いものですな」

その言葉から伝わってくるのは、俺は一つのことを思い出す。

それは、飲み会という名の接待。

もしかしたら七天大魔導の立場で言えば接待される側だったのかもしれないが、どちらにしても
あんまり楽しい場ではなかったのは想像出来る。

心なしかウキウキとした様子で、楽しそうに周囲を見回し、ギュエスたちを囲っている面々を見
て目を細める。

「ところで、あれはいったい？　恐ろしい力を感じますが……」

「あ、そうだった！　酔ったギュエスがグラムに絡み始めて――」

「そんな……っ――!?」

俺の言葉を聞いたサクヤさんが飛び出すように走り出した。

慌てて付いて行き、人をかき分けて問題になっている二人が見える位置に出る。

「う、うぬぬ……!?　やはり納得出来ぬ！　なぜ、なぜこやつなんぞにぃぃぃ!?」

「テメェとはちゃんと決着を付けねぇとってずっと思ってたからなぁ！　さあ、やろうぜぇ！」

「貴様には絶対サクヤはやらんぞぉぉぉぉ！」

半分泣き顔、半分怒り顔といった複雑な表情をしているギュエス。

対するグラムは段々とテンションが上がってきたのか、楽しそうな顔をする。

二人の意思はまったく嚙み合っていないのだが、当人たちは気付いていない。

そして二人が飛び出そうとして拳をぶつけ合おうとした瞬間――。

「お兄様!?」

サクヤさんが二人の間に飛び出した。

「なっ――!?」

すでに攻撃態勢に入った二人はもう止められず、驚愕と恐怖の顔をする。

飛び出すことを予想出来ていなかった俺もまた、それを止めるには間に合わない。

――やばい!?

このままでは二人の攻撃をサクヤさんが受けてしまう、そう思った瞬間――。

「雷よ！」

空から二つの雷が落ち、ピンポイントでギュエスとグラムの腕を叩き落とす。

それによって二人の拳の軌道は逸れ、サクヤさんに当たることはなかった。

「ふう……かなり魔力を込めたというのに、あれが精一杯とはやはりとんでもない御仁ですな」

「ゼフィールさん！」

先ほどの声、そして今の発言からサクヤさんを助けてくれたのは彼のようだ。

俺でも間に合わないようなタイミングだったのに、凄い技量だと思う。

とはいえ、さすがにかなり集中したのか顔には疲れも見える。

「やれやれ……あれだけの力の持ち主相手は老体に堪えます……」

「でもおかげで助かりました。ありがとうございます」

「なに、気にしないで下され。それに、礼を言われるのはワシ一人ではありませんから」

たしかに、今の一瞬ゼフィールさん以外の声も聞こえてきた。

雷は二つ落ちてきたわけだが、雷皇と呼ばれる彼と同等の魔法を放てる人なんていったい……？

「お兄様！」

「っ――!?」

叫ぶようなサクヤさんの声に、思わず振り向く。

普段の温厚ぶりが嘘のように彼女は怒り、瞳には涙を浮かべてギュエスを睨んでいた。

「どうしてですか!?　なぜ……？　だって私の好きにしたらいいと……」

「あ、う、いや……その……」

「認めて下さると、言ってくれたのに！」

「う、うぅぅ!?」

「ちょ、嬢ちゃん。いきなり入ってきてなんの話を――」

すでにタジタジになっているギュエスに対して、事情がわからないグラムが手を伸ばす。

しかしそれもキッ、と睨む。

「グラム様は少し静かにしていてください！」

「お、おう！」

サクヤさんの迫力に負けた彼はそのまま伸ばした手を引っ込めて、一歩、二歩と退いて縮こまる。

その姿は古代龍というよりは、母に怒られた子龍といった感じだ。

――これは、もし上手くいったら尻に敷かれるんだろうなぁ。

「サ、サクヤよ。その話は帰ってからまた落ちついて話そうでは……」

「家で話して認めて下さったのに、またひっくり返すじゃないですか！」

話していく内に感情が高ぶってしまっているのか、サクヤさんの声がどんどんと大きくなる。

そして――。

「私はこんなにもグラム様をお慕いしているのに！」

「「……」」

サクヤさんが大声で叫んだ瞬間、それまで騒がしかった宴会場を静寂が包む。

そして彼女は自分が今なにを言ったのか理解していないのか、周囲を見回して首を傾げ、グラムと目が合う。

「お、おお……え？　お、俺？」

「――ぁっ……」

その瞬間、彼女の白い肌が一気に紅潮。

涙を浮かべて恥ずかしがる姿は本人としては見られたくないだろうが、とても可愛らしく見えた。

「ぁぅ、その、えと……っ――！」

もじもじとなにかを伝えようとして言葉に詰まり、結局逃げ出すように走り出してしまう。

「サクヤ!?」

「サクヤさん！　アラタ、ちょっとギュエスを押さえてて！」

「え？　あ、うん」

「行くわよグラム！」

「え？　姉貴？　お、おおっ――!?」

レイナは飛び出したサクヤさんを追いかけ、俺はギュエスを拘束する。

無理矢理引っ張られていくグラムを見送っていると、押さえたギュエスが不満そうに叫んだ。

「あ、兄者!?　なぜ!?」

「あ、ごめん。なんか反射的に身体が動いちゃった」

とはいえ、今の状態のギュエスを連れていくわけにもいかないし……。

――このまま拘束し続けないと駄目だよなぁ。

周囲は当初思っていたのとは違うイベントに和気藹々《わきあいあい》としている。

彼らからすれば、自分事じゃないので盛り上がる肴、と言ったところだろう。

「おおおー！　後生だ兄者！　このままではサクヤがぁぁ！」

「うーん……」

腕の中で暴れ、困ってしまう。

ギュエスの想いもわからないではないんだけど、さすがに今の冷静さを欠いた状態で連れて行くわけにもいかない。

かといって、自分の見えていないところで話が進むのもちょっと可哀想だし……。

なんて思っていると、ティルテュが近づいてきた。

「……なあ旦那様、そやつを連れて行ってやってはくれないか？」

「え？」

「上手く言えないけど、今のままだと駄目な気がするのだ」

暴れるギュエスを押さえていると、真剣な表情でそう言ってくる。

「なあギュエス……お主は誰のために怒っているのだ？」

そして今度はしゃがみ込み、ギュエスを見つめながらそう尋ねた。

「なに……？」

「我も旦那様が大好きだからわかるが、これはもう理屈はではないのだ」

「……」

「人間とか、古代龍族とか鬼神族とか、そんな小さなものではない。もっと凄いものなのだぞ」

その言葉はどこまでも真摯で、ティルテュが本気で言っているのがよくわかる。

この子は出会ったとき、自分以上の力を持つ俺に惹かれてやってきた。

だが本当にそれだけだったらきっと、とっくに離れていったと思う。

俺たちと出会って、経験をして成長して、そしてまっすぐ自分の想いを伝えられるようになったのだろう。

「……我は」

小さく身体を震わせるが、先ほどのように暴れる気配はもうない。

それがわかったから、俺はギュエスから手を離した。

「……兄者。行かせてくれ。結果がどうなっても、我はサクヤの姿をちゃんと見届けたい」

「うん」

立ち上がると、そのままサクヤさんが進んでいった方へと走っていく。

「旦那様も、行ってやるといい」

「いいの？」

「当たり前だ。だって旦那様はあやつの兄者、なのだろう？」

普段から彼女には好意を伝えられているが、先ほどのそれは今までとは違ったものだと思った。

だからこそ、それにはしっかり応えないといけないと思ったのだが、ティルテュは首を横に振る。

「我が欲しい言葉は、今じゃないのだ」

「……ありがとう」

俺がそう言うと、明るく笑ってくれる。

そんなティルテュを背に、俺もギュエスを追いかけるのであった。

◇

サクヤさんはだいぶ走ったのか、北の森を抜けてさらに奥に進んでもまだ見つからない。

ただ少し離れたところにレイナの気配を感じたので、そちらの方へと進んでいく。

「こっちは……もしかして」

古代龍族と鬼神族が普段争っている場所だ、と気付いたところでギュエスの背中が見えた。

木にぶつかることも気にせず、一心不乱に前に前に走って、後ろから見てもその必死さが伝わってくる。

「ギュエス……」

声をかけるべきか悩んだが、今はただ見守ろう。

向かっている先にレイナたちの気配。

進む道は間違っておらず、しばらくして見覚えのある場所に出た。

「サクヤ！」

「っ――お兄様!?」

「……」

ギュエスは無言でサクヤさんを見る。

その間に俺はレイナたちの方に行くと、グラムが複雑そうな顔をしていた。

どうやら二人が到着したのもつい先ほどらしく、なにかを話し合えている様子はなさそうだ。

「なあ兄貴。この道すがらで、大体の事情は聞いたんだけどよ……俺はどうしたら良いと思う？」

「それはグラムが決めることだよ」

「……」

たしかに、いきなりライバルの妹から愛してると言われても困惑するだろう。

ましてやサクヤさんの想いは長年のものだけど、グラムはたった一度会っただけの少女でしかないのだ。

想いの差はあると思う。

「でもサクヤさんは本気だから、その想いだけは無下にしないようにね」

「……そうだな。あんなに力の籠もった声だったもんな」

――私はこんなにもグラム様をお慕いしているのに！

あれだけの大観衆の中での叫び。

本人が意図しないものだったのは間違いないだろうが、その気持ちはしっかりグラムに伝わっているようだ。

「すっげぇ、ここに響いたぜ」

どん、と自分の胸に手を当てたグラムのサクヤさんを見る目には、尊敬と優しさが混ざっていた。

そんな中、ギュエスとサクヤさんは向かい合うだけでお互い話をしない。

多分どちらも、なにを言っていいのかわからなくなっているのだ。

気まずい時間が流れる中、不意にグラムが前に出る。

「兄貴、さっき俺が決めることとって言ったよな？」

「うん」

「だったら今から俺がすること、なにも言わずに見ててくれ」

グラムがまっすぐ俺を見つめてくる。

それは先ほどティルテュが見せたものと同じで、古代龍族としての誇りが感じられる強い瞳だ。

「わかった」

「サンキュー」

頷くと、グラムは快活な笑みを浮かべて立ち尽くすギュエスに近づいていき、拳を握り――。

「おらギュエス！　テメェ、歯を食いしばれぇ！」

「なっ!?　ぐはっ――!?」

「お、お兄様!?」

不意打ちだったからだろう。

ギュエスの大きな身体が吹き飛び、受け身も取れずに荒野を転がる。

サクヤさんが慌てて近づこうとするとが、グラムがそれを手で制す。

そしてギュエスに近づいて行き、襟をつかみ取って顔を持ち上げた。

「なにをさっきからウジウジしてんだよコラァ！」

「ぐっ！」

「俺のライバルだろうが！　だったら言いたいこともやりたいことも全部、俺に勝ってから堂々と見せてみろよ！」

もう一発、今度は顎を抉《えぐ》るような一撃が放たれてその巨体が宙を舞った。

今度はもう見ていられない、とサクヤさんが近づこうとしたところで俺がその腕を掴む。

彼女は信じられない、という目で俺を見つめ、その後すぐ隣に立つレイナを見る。

レイナもまた首を横に振り、サクヤさんの味方にならないことを示した。

「どうして、ですか……？」

「グラムがギュエスのライバルだからだよ」

「え？」

それだけ言うと、俺は二人を見る。

二度のパンチは鬼神族としての本能を呼び起こしたのか、ギュエスの身体からはかなりの力が沸き上がっているのがわかった。

「ウガァァァァァァ！」

「はっ！　そうだ来いよ！　俺たちの関係なんてそれで十分だろうが！」

グラムに襲いかかったギュエスが殴る。

それをグラムが受け止めて、殴り返す。

一撃一撃が山をも砕くほどの力の込められた二人の殴り合いは、とても拳のやりとりとは思えない轟音を辺りに響き渡らせた。

「情けねぇなテメェはよぉ！　そんなんだったらあの嬢ちゃんの方が百倍格好好かったぜ！」

「ぐぅ!?」

「あれだけのやつらの前で担架切った妹と、いつまでもウダウダやってるテメェじゃ釣り合わねぇなぁ！」

「貴様が、サクヤのことを語るなぁぁぁぁ！」

「黙らせたかったら、力ずくで来やがれやぁぁぁぁ！」

十発、二十発、百発。

終わらない殴り合いは、しかし次第にグラムの方に形勢が傾いていく。

明らかにギュエスの動きが鈍り始め、拳に力が失われているのが目に見えてわかった。

「どうしたそんなもんかぁ!?」

「ぐ、うぁ……」

殴り飛ばされ、フラフラと身体を揺らす。

隣に立つサクヤさんは心配そうに見ているが、俺たちがその先に行くことを許しはしなかった。

「ん？」

森の奥に多くの気配を感じる。

どうやら宴会をしていた面々が様子を窺いに来たらしい。

とはいえ、こちらまで出て来ないということは二人の邪魔をするつもりはないようだ。

「ウォォォォォ！」

再びギュエスが叫び、グラムに殴りかかる。

重い一撃だが、完全に受け止めきったグラムが反撃の一撃を与えた。

「貴様は、サクヤのことなど知らないのだろう！」

「ああ、知らねぇな！　姉貴が言うには昔一度だけ会ったらしいけど、覚えてもねぇ！」

「っ――」

その言葉を聞いたサクヤさんが目を伏せる。

彼女にとって宝石のような思い出は、グラムの記憶の片隅にも残っていない。

そうはっきり言われて、傷付いたのだろう。

――だけどねサクヤさん。あのグラムって男は、古代龍族のみんなを纏めるリーダーで格好好いやつなんだ。

だからきっと――。

「だったら――！」

「だけど今日のあの嬢ちゃん、最高に格好好かったぜ！　あれだけのやつらが集まってる前で、あれだけはっきりと慕ってるって言われて心に響いた！」

「なっ――!?」

「魂が輝いていた！　強ぇって思った！　だから俺は今日のことを一生忘れねぇ！」

殴り、殴られ、グラムの口から血が流れても彼は止まらない。

逆にギュエスはどんどんと押し込まれ、拳も弱々しくなっていく。

「古代龍族は自分より強ぇやつに惹かれる性質でなぁ。俺は決めたぜ！　あの嬢ちゃん――サクヤは俺が貰っていく！」

「ぐっ――!?　サクヤは、我よりも強い男にしかやらん！　欲しければ我を――」

「倒すっつってんだろうがぁぁぁぁぁ！」

その一撃はこれまでとは違った力が込められているようにも感じた。

ギュエスの身体が大きく吹き飛び、俺たちの近くで倒れる。

意識はあるようだが、身体はボロボロでもう立ち上がれなさそうだ。

「ぐ、は……サクヤ……」

「お兄様!?」

慌てて近づき、そして身体を起こす。

「我のことは、もういい……それよりも……」

近づいてくるグラムを指さした。

「あやつは我よりも強い……だから、お前を守るのはもう我の役目ではない……」

「っ――！」

その言葉にどういう意味が込められているのか、しっかり伝わったのだろう。

俺はサクヤさんの隣に行き、ギュエスを支える手を代わる。

「兄者……助かる」

「うん。サクヤさん、こっちはもう大丈夫だから」

「……はい」

彼女は頷くと立ち上がり、そしてやってくるグラムをまっすぐ見据える。

背中からでも緊張しているのがはっきりわかるが、それでも逃げようとはしない。

そうして二人はまっすぐ見つめ合った。

「古代龍族は、欲しい物は自分の物にするし逃がさねぇ」

「……は、はい」

「だからサクヤ……アンタももう、俺のもんだ」

「あ……」

グラムに力強く抱きしめられ、サクヤさんの身体が震えだし――。

「ずっと……ずっとお慕いしてました……子どもの頃に助けて頂いて、お兄様からお話を聞き続けて……」

「さっきも言ったが、俺はそれを覚えてねぇ」

「はい、はい……それでもいいんです」

「その代わり、これからのことはずっと覚えてる。お前と一緒に過ごしながら作っていく思い出は、絶対に忘れねぇ。約束だ」

「あ、ぁぁぁ……」

その言葉とともにサクヤさんの号泣が辺りに響き渡る。

言葉にならない声で、何度もグラムのことを慕っているのだと言い続けてた。

「っ……」

支えているギュエスの背中も震えているが、俺はそれに関してはなにも言わない。

ただ黙って、一緒にいてやるだけだ。

星空の下、まるでこの世界は俺たちだけしかいないようで――。

「「「うぉぉぉぉぉ！　宴だぁぁぁ！　宴会だぁぁぁぁ！」」」

そして、そんな空気をすべてぶち壊す面々が森の中から飛び出してきた。

古代龍族、鬼神族、そしてルナたち神獣族まで集まってきて、彼らの手には先ほどまでやっていた宴会道具がそれぞれ握られている。

どうやらあちらでやっていた物は全部持ってきたらしい。

手慣れた様子でセッティングされていく宴会場。

その勢いにグラムたちが圧倒されている間に完成し、そして歌声や笑い声が辺り一帯を響き渡らせる。

「ようグラム！　おめでとさん！」

「サクヤちゃん、お幸せにな！」

異種族間の恋。

それは彼らにとっては気にすることではないのだろう。

古代龍族も鬼神族も笑顔で祝福している姿は、種族の差などないようだ。

そんな光景を見たギュエスは寂しそうに立ち上がり、その場から去ろうとしていた。

「ギュエ――」

「おいギュエス！　なに負けてんだよこの馬鹿野郎！」

「まったくだ！　滅茶苦茶ダサかったぞ！」

「言ってやるなって！　でも俺たちのサクヤちゃんを奪われたのは許さん！」

俺が声をかけるより早く、鬼神族の子たちが笑い飛ばすように絡み始める。

普段なら振り払えるそれも、今の弱ったギュエスでは無理なようで捕まってしまう。

そして泣いている彼をみんなでからかい、怒りが爆発。

追いかけっこが始まる。

「貴様らぁぁぁぁ！」

「ギュエスが切れたぞ！」

「逃げろー！」

逃げている側の顔は楽しそうで、追いかけるギュエスも楽しそうで……。

彼らの本心はしっかり伝わっているようだ。

「良い関係ね」

「うん。本当に」

そうして改めて宴会が激しく盛り上がり始める。

その主役はグラムとサクヤさん。

いつの間に用意したのか、主賓席のような場所で並ばさせられた二人の顔は恥ずかしそうな顔をしつつ、しかし幸せそうだ。

「サクヤさん、嬉しそう」

「うん。みんなに祝福されて、本当に嬉しそうだね」

彼らを囲うようにみんなが酒を持ち、歌え騒げのどんちゃん騒ぎ。

鬼神族、古代龍族、それに神獣族に人間。

俺が目指すこの島全部を巻き込んだ大宴会にはまだ遠いが、それでもまた一歩近づけたんじゃないかなと思う。

「あれ？」

ふと見知った気配を感じて見上げると、月を背景に空で座るヴィーさんがいた。

空中にワイングラスが浮いていて、手には赤い液体が入ったグラス。

彼女なりに、この宴会を肴に楽しんでいるらしい。

——そういえば、最近ずっと帰ってこなかったけどなにしてるんだろ？

城を直すために出かけているのは知っているが、前はちゃんと俺たちの家で寝ていたはずなのだが。

ヴィーさんは懐かしそうな表情で、ある一点を見つめている。

その視線の先には——。

「エディンバラさん？」

ゼフィールさんや他の七天大魔導の面々と一緒に酒を楽しんでいる、女性の姿があった。

エピローグ　記憶喪失の吸血鬼

色んな種族を巻き込んだ宴会も終わり、いつもの日常が戻ってくる。

「それじゃあ結局、サクヤさんたちはすぐに一緒に住むとかじゃないんだ」

「ええ。あの子たちはともかく、まだ古代龍族と鬼神族全体は認めてないらしいから」

「そっかぁ」

元々仲の悪い種族同士の結婚。

まるでロミオとジュリエットみたいだと思うが、あの二人ならきっと乗り越えられるだろう。

「グラムも最近、古代龍族の爺たちに挑んでるみたいで毎日ボロボロにされてるぞ」

「ギュエス殿も同じですな」

そう言うのはスノウと遊んでくれているティルテュとゼフィールさん。

ゼフィールさんは鬼神族の家からエディンバラさんの家に移り住み、こうしてよく遊びに来てくれるようになった。

そして今は、順番にオセロの相手をさせられている。

「じー、次はここに置くよー！」

「おお、まさかそんな手が。スノウ殿は天才かもしれませんのぉ」

「えへへー」

「ふっふっふ、我ら二人に勝てるかな？」

スノウとティルテュがチームでやってるらしく、とても微笑ましい光景だ。

雷皇なんて呼ばれているらしいけど、こうして見ると孫が遊びに来たお爺ちゃんにしか見えないんだよなぁ。

「これが……あの大陸に恐れられた雷皇だなんて」

レイナはまだその光景に慣れないらしい。

ちなみに俺は出会ったときからすでにこの状況なので、違和感はなかったりする。

「すまない、こちらにゼフィールはいるか？」

「エディンバラさん、今あそこで……」

気付けば結構渋い顔をしていた。

どうやら先ほどまでは接待のつもりで余裕ぶっていたが、本気で負けそうになっているらしい。

真面目な顔してどこに置けばいいか本気で考えていそうだ。

「まったく、子ども相手になにをやっているんだ……」

「真剣に相手をしてくれた方が喜びますから」

実際、スノウは手加減をすると結構怒る。

バレてない内はいいんだけど、大精霊特有の勘でもあるのか途中で気付かれてしまうのだ。

「しかし困ったな。ゼフィールがあれでは食事はだいぶ遅くなってしまう……」

「自分で作ればいいじゃない」

「記憶がないんだ。作れれば苦労はしない」

「……そもそも、記憶喪失の前から師匠は作らなかったけど？」

「そうなのか。なら余計にどうしようもないな」

レイナとエディンバラさんの間でそんな会話がされる。

苦手意識はだいぶ取れたみたいだけど、その代わり彼女にしては遠慮がない言葉。

端から見れば思春期の娘と母親みたいなやりとりなんだよなぁ……。

まあこれは本人には言ったら怒りそうだから、言わないけど。

「はぁ……今日は私が作ってあげるから、その代わりスノウと遊んであげてよね」

「……」

「なによ？」

「いや、助かる」

不思議な間を取って、エディンバラさんはスノウたちのところに行く。

丁度ゼフィールさんが負けて、それをスノウとティルテュが笑っているところだった。

「レイナ、大丈夫？」

「……平気よ。たしかにあんまり思い出したくない記憶だけどね」

そう言ってレイナはスノウたちと遊んでいる彼女を見る。

「あの人が記憶を失ってるのは本当っぽいし、それに……あれを見ていたら気を張ってるのが馬鹿みたいに思えてくるわ」

先ほどのゼフィールさん同様、エディンバラさんの顔はどんどんと渋くなっていき、腕を組んで悩ましい表情となっていた。

どうやら彼女もまた、スノウに負けそうになっているらしい。

「あんな顔、見たことないもの」

「レイナ……」

「大丈夫」

言葉ではそう言いながらも、やはりまだ割り切れているわけではないのだろう。

だけど彼女が自分でそれを乗り越えようとしているのなら、俺が口を挟むことじゃないと思った。

その代わり、俺は彼女の頭を撫でる。

いつも頑張りすぎているこの子は、誰かが褒めてあげないといけないと思ったから。

「……ありがと」

◇

昼食後、エディンバラさんたちはスノウとティルテュにリベンジを果たすため、再びオセロを再開し始めた。

レイナはサクヤさんと約束をしているらしく、そのままマーリンさんに家に。

女性同士の話し合いに入るのも野暮だろうと、俺はちょっと散歩に出かけたわけだけど……。

「この島に来たときに比べると、だいぶ変わったよなぁ」

最初はレイナが持ってきたテントが一つ置いてあるだけだった。

それから自分たちの家を作って、森の中に一つあるだけだったんだけど、それが今では七つ。

七天大魔導の面々はそれぞれ自分の家を建てて、ゼフィールさんとエディンバラさんだけは同じ家。

アークたち勇者パーティーの三人は、みんな一緒に生活をしている。

ちなみにアークは男一人だからと別の家を建てようとしたが、女性陣に押し切られた形だ。

「ヴィーさんじゃないけど、端から見るラブコメ的なトラブルは正直見ていて面白いんだよね」

なので俺もつい後押ししてしまったけど、後悔はしていない。

なぜなら自分事じゃないから。

三人で住むとなるとそれなりに大きさが必要なので、彼らの家はそこそこ大きい。

家も各自ちょっとずつ離れているから音を気にする必要もないし――。

「ティルテュ風に言うなら、愛の巣なのかな？」

「ちょっと、なに言ってるんですか!?」

「あ、エリーさん」

独り言を聞かれてしまったらしく、彼女は顔を真っ赤に染めている。

「わ、私たちはそういう関係じゃないです！」

「え、でもアークのこと好きでしょ？」

「は？　はぁ？　はぁぁぁっ!?」

愛してるって意味で、と伝えるとさらに顔を赤くして首を横に振る。

「に、人間として尊敬してるだけですから！　別にあいつのことなんて、男としてすら見てないんです！」

「え、でもあんな風に抱きついて――」

「あー！　あー！　あー！　知りませーん！」

なんというか、この子はからかい甲斐があるんだよなぁ。

普段の言動を見てたら一目瞭然なんだけど、必死に隠そうとするのがとても面白い。

どちらかというと俺はヴィーさんやスザクさんにからかわれる側の人間なので、こっち側に回れてちょっと楽しくなってしまう。

「ねえアラタ？　なにしてるのかしら？」

「え？　な、なんでレイナが……」

「マーリンの家にいたら、色々聞こえてきたから出てきたのよ」

笑顔だが、この笑顔は怒っているときのやつだ。

「それで、女の子の恋心をからかって楽しい？」

「あ、いや、その……」

視線を逸らすとマーリンさんとサクヤさんもこちらを見ていて、ちょっと怒った様子。

これはどうやら、完全に女性陣を敵に回してしまったらしい。

「すみませんでした」

「私にじゃなくて、エリーさんに！」

「ごめんなさい！」

「い、いいわよ別に……でも、勘違いなんですからね！」

俺が謝ると、またそんなツンデレみたいなことを言う。

でもこれ以上は追求しない。

なぜならレイナの笑顔がとても怖いから。

「エリーさん、良かったらこっち来る？」

「え、いいんですか？」

「ええ。女子だけで楽しみましょう」

ぎろり、と睨んでくるのは俺という男から引き離すためよ、と言外に伝えるためだろう。女子というには一名年齢が高い人もいるけど、それはさすがに言えないな。

「お、俺はちょっと狩りにでも行ってくるね」

これはあまりにも分が悪いし、そそくさと撤退。

逃げるようにその場から去って行くと、アーク、セティさん、カーラさんに、ゼロスという珍しいメンバーが集まっていた。

――大陸基準だと、災厄級の魔物の討伐をするようなメンバーなんだよな。

なんて思っていると、俺と目が合ったゼロスが焦ったように近寄ってくる。

「アラタ！　丁度良かったぜ！」

「どうしたの？」

「実は聖女の嬢ちゃんがヴィルヘルミナに連れて行かれちまった！」

「えぇ……」

詳しく聞くと、アークとセレスの二人がこの周辺を少し探索してたら、いきなりヴィーさんが現れて連れ去ってしまったらしい。

偶然近くにゼロスがそれを最初に聞いて、相手が相手だからと戦力を集めているところで俺が来たという。

ヴィーさん、最近こっち来ないと思ったらなにやってるんだ……？

「目的はなにか言ってた？」

「うら若き乙女の血をもらい受ける、って」

傍に居たのに守れたかった、とアークが悔しそうにする。

まああの人が相手じゃ仕方ないとは思うけど――。

「そもそも、そんな古典的な吸血鬼のタイプじゃないのになに考えてるんだろう？」

まあとりあえず本気じゃないのはわかった。

「あの人相手じゃ人数集めても仕方ないから、俺が行くよ」

俺の言葉にあからさまにホッとした様子のカーラさん。

ヴィーさんがこの島の中でも最強クラスなことを知っているゼロスも、心なしか安心した様子。

「あの！　俺も連れて行ってくれませんか!?」

「え？」

「あのヴィルヘルミナ様が危害を加えるとは思えませんが、セレスが攫《さら》われたのにこのまま黙って待ってるなんて出来ません！」

アークの言葉に俺はどうしたものかと考える。

ただ彼の言葉の通り、ヴィーさんも本気で危害を加えようってわけじゃないだろう。

むしろ俺一人で行くより、アークを連れて行った方がいい気がする。

「それじゃあ一緒に行こうか」

「はい！」

「ゼロス、悪いんだけどレイナたちには遅くなるかもって言っといて貰ってもいい？」

「おお。なんつーかノリが軽いけど……まあお前なら大丈夫か」

問題はどうやって行くか。

俺一人だったら飛んでいけばいいんだけど、アークは空を飛べない。

抱えて飛んでも構わないのだが、絵面が微妙になるんだよなぁ。

それにセレスさんも連れて帰るとなると、ちょっと問題がまた出てしまうし——。

「仕方ない。またティルテュに頼むしかないか」

◇

一度家に戻るとスノウはお昼寝をしていて　エディンバラさんは用事が出来たと言って外に出かけてしまったらしい。

残ったティルテュとゼフィールさんがオセロで対戦していたので事情を説明すると、ティルテュは快く了承。

そのまま一緒に北にある城に向かったのだが——。

「あれ？　なんで城がないんだ？」

本来あるはずの城は、影も形もなくなっていた。

壊れたとはいえ周囲に残骸は残っていたし、最近はヴィーさんも籠もりっぱなしで直していたはずなんだけど……。

「我、場所間違えたか？」

「いや、海には氷山が浮かんでいるから合ってるのは間違いないよ……あ」

もしかしてなにかトラブルが？　と思っていると地上からこちらに手を挙げているセレスさんに気付く。

「セレス！」

「アーク！　来てくれたんですね!?」

ティルテュに降りて貰うと、アークが慌てて駆けだし彼女を抱きしめた。

いちおう周囲になにか気配がないかと思って集中するが、ヴィーさんがどこからか見ている訳でもないみたいだ。

まさか本当にセレスさんをこんなところに置き去りにしただけなのだろうか？

強力な魔物が多いこの島に一人で置いたらどんな危険があるか……。

「いや、なんか結界はちゃんと張ってあるのか」

とりあえず安全は確保していたらしいが、そんな遠回りなことをする意味がわからない。

俺が困惑しているとセレスさんがこちらに近づいてきて頭を下げる。

「アラタ様もありがとうございます！」

「うん、とにかく無事で良かったよ。ところでヴィーさんがどこに行ったかわかる？」

「それが、どうせアラタが来るから大人しく待ってろ、と言っていなくなってしまいまして……」

「本当になんなんだ？」

つまり、目的は俺を引き離すことだった？

あっちにいる誰かに用事があるんだろうけど、俺がいたら邪魔になるってことって――。

「そういえばあのハイエルフ。誰かに呼ばれて出て行ったぞ」

「ハイエルフって、エディンバラさんのこと？」

「うむ。突然驚いたような顔をしたと思ったら、用事が出来たと出て行ったからな」

エディンバラさんがハイエルフ、というのは本人もわかっていないので一旦置いておこう。

問題はヴィーさんとの関係だ。

そもそも彼女たちは出会ったことがないはずで――。

「あれ？　そういえば、エディンバラさんが来てからいなくなった？」

それまで家で寝泊まりをしていたヴィーさんが突然いなくなったのは、エディンバラさんを助けた日からだ。

まるで彼女を避けるような行動。

それにどこか二人は性格、そして雰囲気が似ていることを考えると——。

「やっぱり知り合いだったのかな？」

だとしたらこの島に来る前、千年以上も昔の話だろう。

それほど長い時間離れてなお覚えているような相手だとしたら、とても大切な人だったんじゃ？

「なんだか嫌な予感がする……俺は先に戻るから、ティルテュは二人をお願い！」

「あ、おい旦那様！」

セレスさんたちを乗せたティルテュより俺一人で飛んだ方が早い。

一気に空へ上がると、家の方へと飛び出した。

そして——。

「……」

「……」

「……」

意外なことに、ヴィーさんはすぐに見つかった。

エディンバラさん一人ではそう遠くには行けないと思い、俺たちが最初に出会った海岸に飛ぶと、
二人揃ってそこにいたのだ。

ただ見つけたはいいが、あまりにも予想外すぎる光景で俺は声をかけることに躊躇ってしまった。

「……」

「……」

「……おいアラタ。言いたいことがあれば言ってもいいぞ」

「……それじゃあ、遠慮なく――どういう状況!?」

俺の目の前にはちょっと困惑気味のヴィーさんと、その腕に抱きついているエディンバラさん。

まるで付き合いたてのカップルの様で、ちょっと脳が状況を理解してくれない。

「アラタか。実は私も今どういうことなのかわからないのだ」

「いやいや、エディンバラさん！　そんなキリっとした雰囲気で言われてもその体勢じゃ説得力ないですからね！」

「そうは言われても、絶対にこの人を離すなと本能が……」

だから説得力ないですって。

「……まさかこんなことになるとはなぁ」

どうやらヴィーさんは事情を把握している様子。

とはいえ、珍しく疲れた様子で、これは彼女ですら予想外だったのだとわかる。

「事情、聞いても大丈夫なやつです？」

「ああ。その前に……離れろエディ！」

「断る！」

「む、ぐぐぐ……」

珍しい……あのヴィーさんが完全に振り回されている。

――というより、遠慮している感じかな？

ヴィーさんの力ならエディンバラさんを振り払えるはずなのに、それはしないらしい。

なんとか言葉で説得しようとする姿は普段の彼女とはずいぶん違っていて、見た目が一緒なだけの別人を疑ってしまうくらいだ。

それにエディ、と親しげに呼ぶのも……。

「はぁ……もういい。ちゃんと話をするから、大人しくしとけよ」

「うむ。まあ私もなぜ貴方に執着をしているのかわからないので、大人しく聞いておこう」

「だったら一度離せこの馬鹿め」

馬鹿と言いつつ、その言葉にはどこか優しさが込められている。

結局離れる気のないとわかって諦めたのか、ヴィーさんは岩場の方に座る。

腕にはエディンバラさんがくっついた状態で。

「さて、どこから話そうか……」

そう言いながら、ヴィーさんは過去を思い出すように空を見上げる。

同じように見上げると、すでに太陽が沈み始め、夜の種族の時間がやってこようとしていた。

「……こいつは、まだ私がこの島に来る前に眷属《けんぞく》にしてしまったエルフだ」

「あ……」

そう言われて、俺は改めてエディンバラさんを見る。

――言われてみればたしかに……。

以前タマモさんが見せてくれたヴィーさんの過去の映像。

そこに出てきたエルフの少女に似ている気がした。

「なんだアラタ？」

「い、いえ……」

あの映像を見たことは黙っておくように、と言われていたので迂闊なことは言えない。

勝手に過去を見たなんてバレたら、どんな仕返しを受けるかわかったもんじゃないし……。

――それに、映像に出てきた少女の最期って、ヴィーさんの手で殺されたはずじゃ？

たしかに似ているが、あれ自体が千年前以上の話。

当時と今のエディンバラさんがまったく一緒というわけではないこともあり、気づけなかった。

「神殺しの化物に向かって、貴方が神か？　と問いかけてきたのは後にも先にもこいつだけだったな」

そう語るヴィーさんの姿は、なにか大切な物を扱うように優しい口調で語り始める。

それが何千年も昔の話であるにもかかわらず、まるで昨日のことのように淀みない口調。

神すら殺し、誰からも恐れられ、やってくるのは命知らずの勇者だけだったとき、彼女はやってきた。

「私はなんのために貴方のもとへ行ったのだろうか？」

「この世のすべての魔法を知りたいから教えて欲しい。それがお前の目的だよ」

「すべての魔法を……」

今でこそ最強の魔法使いと呼ばれている彼女だが、当時はまだ普通のエルフだったという。

元々魔法の適性の高い種族とはいえ、ヴィーさんみたいな力はなかった。

「最初は暇つぶしのつもりで戯れに相手をしていたのだが……まあエルフは寿命もそこそこ長く、最後の最後でつい情が湧いてしまった」

「それで、私を眷属にしたのか？」

「ああ、そうだ……」

「ではなぜ、私と貴方は離れ離れになったのだろう？　普通、主人と眷属は――」

エディンバラさんの疑問に、ヴィーさんは穏やかに笑うだけで答えてくれない。

そこに込められた想いが伝わったのか、彼女も言葉を切る。

「まあ結局色々とあって私はこの島に辿り着き、貴様は大陸に残った」

「そう、か……」

「まさか再会するとも思わなかったし、記憶を失っているとは思わなかったがな」

どうやらエディンバラさんが記憶を失っていると知ったのは、こうして再会したあとらしい。

「俺の家から黙って出て行ったのは、会うのが気まずかったから？」

「お前な、そういうことは思っても黙っておくことだぞ」

呆れたように言うが、その内心ではどんな感情が渦巻いているのだろうか？

――お前は何百年も前の出来事を覚えていられる自信はあるか？

それはハイエルフの里から出た後、エディンバラさんとした会話。

エルフであり、実際に何千年と生きてきた彼女が、覚え続けることなど出来ないとはっきり言ったのだ。

しかしヴィーさんは覚え続けてきた。

殺してしまった眷属のことを。

そして、何千年と置き去りにしてきた子どものことを。

言葉にすれば一言で済むけど、どれほど苦しいことだったのかは想像も出来ない。

「あ……だから俺を引き離したのか」

彼女は贖罪《しょくざい》に来たのだろう。

そして、もしエディンバラさんが自分を恨んで、殺そうとしたのであればそれを受け入れる気だった。

だからヴィーさんの行動を止められる俺を引き離したのだ。

「ヴィーさん……」

思わず怒ったように睨んでしまう。

「おいアラタ。貴様がなにに気付いたのか知らんが、余計なことは言うなよ」

「諦めてくれるならいいですよ」

「……もう、今はそんな気もないさ」

ヴィーさんは少し疲れた様子。

なにせ恨むどころか、記憶を失っていて、しかもまるで子どものようにくっついてくるのは予想外だったらしい。

毒気が抜かれてしまった、といった感じだ。

「……私は、ここに来ない方が良かったのだろうか？」

これまで記憶を失っても凛《りん》としていた彼女が、初めて見せる不安気な表情。

迷子になった子どものような声に、ヴィーさんは少し困った顔をしてから優しく笑う。

「いや、また会えて良かった。これは本心だ」

「そうか！」

「もしお前が記憶を取り戻したとき、望むことがあれば言うと良い」

——貴様の人生をすべて奪った責任として、すべてを受け入れよう。

それは結局、エディンバラさんが死を願うなら受け入れると言ってるようなものだ。

だけど俺はなんとなく、そうはならないんじゃないかと思う。

だってエディンバラさんは記憶をなくしても、こうしてヴィーさんのことを大切に思っているのだから。

「しかし……わざわざ城を壊して身辺整理までしたというのに、これでは意味がなかったな」

「あ、そうだ。ヴィーさんの城、なくなってたんですけど？」

「そういうわけでアラタ、これからまた貴様の家に――」

「では母よ。我が家に来て下さい。幸い一部屋余っているので大丈夫です」

「「母？」」

突然の呼び名にヴィーさんも俺も戸惑ってしまう。

「ええ。私を眷属にしたということは、我が親同然。つまり母です」

だがエディンバラさんの中では確定事項なのか、自身を持って頷く。

「……まあ、神と呼ばれるよりはいいか」

「ヴィーさん、神って呼ばれてたんですか？」

「訂正しても直さなかったんだよこいつ……母か、まあいい」

ヴィーさんは諦めたような雰囲気だが、少しだけ嬉しそうな気配。

ここで茶化すとまた痛い目に合わされそうだから、黙っておこう。

「では母よ。これからよろしく頼む」

「ああ」

見た目は二人とも幼く、姉妹といった方が良さそうだけど……。

——それでもなんとなく、親子って方が合う気がするなぁ。

金髪の吸血鬼たちを見ながら、そう思うのであった。

◇

行方不明だった七天大魔導、それに勇者パーティーの三人を見つけ、サクヤさんたちの恋模様も一先ずの決着を見せた。

これで、今度こそ、本当に今度こそゆっくりした時間を過ごせるだろう。

「明日はハンモックで昼寝でもしようかな」

そんな未来を想像しながら家に戻ると、心配そうな顔をしたレイナやティルテュたちが出迎えてくれた。

ゼフィールさんやスノウもいて、これは話が省けそうだ。

——大丈夫、問題は解決したよ。

そう告げるより早く、エディンバラさんが俺より前に出て一言。

「今日よりアラタは私の父となった。母はこちらの方、つまりお二人は夫婦となる。お前たちも覚えておいて欲しい」

いったいいつの間にそんな話になったのだろうと思いヴィーさんを見ると、彼女もぽかんと口を開いて戸惑っている。

この人をここまで驚かせられるのは、彼女だけだろうな、と思った。

そしてそんな現実逃避をしている間、その場にいた全員が固まり、そして——。

「「「はぁぁぁぁぁ!?」」」

「おー」

もう太陽もほとんど落ちた時間、レイナたちの叫び声が島中に響き渡った。

「ふふふ」

「お前、やってくれるな……」

ご機嫌な様子のエディンバラさんと、呆れた感じのヴィーさん。

人をからかうならともかく、自分がその対象になるのは慣れてないからか、もうどうとでもなれといった雰囲気だ。

「……俺、いつになったらゆっくり出来るのかなぁ?」

少なくとも、全力でこちらを睨んでくるレイナとティルテュにはちゃんと説明しないと。

また騒がしい日々は終わらないなぁと思いつつ、二人の傍に向かうのであった。

間章　ハイエルフの里の異変

ハイエルフの里は結界を境目に、島とは次元が異なる場所に存在する。

それは彼らの役目が、世界の心臓である世界樹を守るためだからだ。

だがそんなハイエルフたちと、そして三柱の大精霊が本来の役割とは正反対に、世界樹を攻撃し続けていた。

「手を緩めるな！　緩めれば我らの方が全滅するぞ！」

ハイエルフの女性は声高々と指示を出す。

それに合わせて次々と強力な魔法が飛び交い、世界樹を襲う。

「ブリュンヒルデ様！　駄目です！　世界樹、止まりません！」

「恐れるな！　ここで我らが手を止めれば、ミリエル様が失われることになるのだぞ！　そんなこと、許されるはずがないだろう――っ!?」

そんな魔法を突き抜け、木の枝がブリュンヒルデと呼ばれたハイエルフに襲いかかる。

「舐めるなぁ！」

彼女の手から炎剣が生まれ、枝を斬り裂く。

その凄まじい威力は大陸の人間が見れば神の一撃かと思わせるほど。

「やはり、この程度では駄目か！」

迫り来る枝こそ燃やし尽くしたが、全体にダメージを与えるほどでなく、世界樹の動きは激しくなるばかり。

怒りの感情があるとは思えないが、大地から現れる巨大な根はハイエルフの軍勢をなぎ倒そうと振るわれた。

「っ——!?」

その場の全員が死を覚悟した瞬間、光が走る。

「そんな……なぜ……」

枝をなぎ倒し、本体にまで届きうる極光の一撃が天より放たれた。

そして背中に羽を生やした銀髪の少女が、表情を変えずに世界樹とハイエルフたちの間に佇《たたず》む。

「ミリエル様、どうしてここに!?」

「世界樹が、泣いている……」

「いけません！　貴方様が出てきては、世界樹は——」

「大丈夫。私がみんなを守るから」

再び光が辺りを包む。

しばらく続いたその光はとても温かく、ハイエルフと世界樹、全てを包み込んだ。

そして光が消え、そこに銀髪の少女はもういない。

世界樹もまた、先ほどまで激しく暴れていたのが嘘のように動きを止め、ただ荘厳に、世界を見守るように佇むのであった。

「あ、あぁぁ……ミリエル様……！」

泣き崩れるブリュンヒルデとハイエルフたち。

地面は抉れ、木々が燃え上がり、まるで戦場跡のような残酷な光景。

だがそれも、まるで大地が力を取り戻すかのように緑色に光り、柔らかい風と冷たい水が流れ、すべてを洗い流してしまう。

しばらくすると、幻想のような美しい花が地面一杯に咲き誇り、元通りに戻り始める。

自然そのものの理想郷。

ただそれでも、涙を流すハイエルフたちの心は悲しみに満ちていた。

あとがき

この度は『転生したら最強種たちが住まう島でした。この島でスローライフを楽しみます』をお手に取って頂きまして誠にありがとうございます。

第1巻が出たのが2022年の1月で、早くも第5巻！

時の流れの速さを感じると共に、こうして長く続けられるシリーズとなったこと、本当にありがたく思います。

そして帯にも書かれている通り、6巻の刊行も決まりました！

ありがたいことに、まだまだこの作品を続けさせて頂けるみたいです！

次は今巻で出てきたハイエルフの里とかを中心に物語が書けたら良いなと思いつつ、もしかしたら全然違う話になるかもしれません。

各キャラの台詞など色々と伏線張ったりして先の展開は考えているのですが、書き始めたら変わっていることはよくある話（笑）。

ただどんな話になるにしても、こうして買って下さっている読者の皆様が楽しんで読んで貰えるように頑張ります！


このあとがきを書いている時点で私はもう表紙や口絵（中のカラーイラスト）を見ているのですが、見た瞬間やっぱりＮｏｙ先生すごっ！　ってテンションあがりましたね。

島という限定的な閉鎖空間の中、背景を森でお願いしたのは2回目なのですが、見事に差別化してくださいました！

しかも凄く綺麗で最高のイラストですよね！

最強種の島は表紙のイラストを並べるだけでもインテリアになるんじゃないかってくらいクオリティの高いイラストで、皆さんも棚にフェイスアウトで並べてみては如何でしょうか？


そして山浦先生に描いて頂いているコミカライズもすごく好調です。

あとがきを書いている現時点だと、1巻が5刷り、2巻が4刷り、8月に出た3巻が即重版がかかり2刷りと、重版ラッシュで昨今の不況を吹き飛ばす勢い！

各キャラクターの動きや表情、それに島全体の雰囲気などが本当によく捉えられていて、求めているモノが全て揃っているなって感じがしました。

原作者として、こんなに良い漫画家さんに描いて貰えて感謝しかないですね。

さて、こんな感じで作品に関しては凄く順調で、いつも楽しく書かせて頂いておりますとお伝えしつつ、実はあとがきは今回6ページ！

過去最大のページ数になってしまって、まだまだ書かねばなりません！

ということで、自分の近況や状況でも少し書かせて貰おうかなと思います。

実は私は昨年の10月より本業を辞めて、専業作家としての道を歩みました。

現在はＳＱＥＸノベル様とのお仕事が順調なのと、他社様とのお仕事などもいくつかあり、作家業一本で生活をさせて頂いております。

ということで最近は、何でもお仕事インプット、と頭に念じながら色々なことをやってます。

人生で初めてコミケに行ったり、コミックシティなども見てきました。

実は同人誌を買ったのも初めてだったんですが、凄かったです。

愛を感じました。キャラクターに凄く愛が込められています。

これは同じクリエイターとして、負けられないな！　って思いましたね。

まあそれはそれとして、同人誌やコスプレなど、全力で楽しませて頂いたのですが（笑）。

あと最近嵌《は》まっているのはイラストレーター様が書いた原画集めや、美術館なんかもよく行くようになりましたね。

今までやってこなかったことを色々と経験してみようと思って美術館に行き始めたのですが、これが面白い！

最近だとアステカ展に行ってきたのですが、現代とは異なった風習、考え方、生き方などネットでは探し辛いようなことまで触れられて、とても良かったです。

昔から漫画やラノベは好きなくらいでそれ以外の趣味が少なかったのですが、これからはなんでもやってみる！　の精神で行くことにしました（笑）。

もちろん遊んでばかりではいけないので、ちゃんとお仕事もさせて頂いております。

すでに公式HPにも記載があるように、SQEXノベル様から新シリーズを展開させて頂くことになりました！

転生系ではあるのですが、主人公ではなく一緒に生活をする少女の方が転生者、という設定で書いた作品になります。

最強種の島もそうなのですが、私の作品は家族・友人同士の笑いあう話が多いです。

これは私がハッピーエンド好きで、作中のキャラクター同士の人間関係が明るく楽しい話が好きだからですね。

そしてこの新作も、そんな幸せな家族を築いていくような話になっていきます。

最強種の島を楽しんでくださっている方々なら絶対に楽しめる内容にしますので、発売しましたら是非ともお手に取って頂けたら幸いです。

ちなみにこの作品が出るから島が完結とかはないのでご安心を！

ＳＱＥＸノベル様からは２作品刊行をさせて頂く形になりますが、どちらも楽しんで貰えるように書かせて頂きます！

あと、こちらは他社様のお話になりますが、コミカライズとは違うオリジナル漫画の原作や、小説なども継続して書かせて頂いております。

どの作品も平成オワリらしい作風だな、って思って頂けるように書いているつもりですので、もしお時間があればそちらも見てみてください。

皆様のおかげで最強種の島はどんどん世界が広がり、多くの仲間が登場して、たくさんの物語を紡ぐことが出来ています。

おかげさまで当初考えていた種族はほぼ全部出せたのですが、ここまで広がると欲が出ちゃいますね。

つまり、新しい種族を考えてしまおうかな、新しい場所を作っちゃおうかな、という感じですね。

こういうことを考えることが出来るのも、皆様が応援してくださった結果です！

本当にありがとうございます。

引き続き、たくさんの人たちを笑顔に出来るような『楽しくて明るい島での生活』を書き続けられるよう頑張りますので、良ければこれからも応援よろしくお願い致します！

平成オワリ

SQEXノベル

転生したら最強種たちが住まう島でした。この島でスローライフを楽しみます　5

著者
平成オワリ

イラストレーター
Noy

2023年11月6日　初版発行

発行人
松浦克義

発行所
株式会社スクウェア・エニックス
〒160−8430
東京都新宿区新宿6−27−30　新宿イーストサイドスクエア
（お問い合わせ）スクウェア・エニックス　サポートセンター
https://sqex.to/PUB

印刷所
中央精版印刷株式会社

担当編集
鈴木優作

装幀
冨永尚弘（木村デザイン・ラボ）

本書は、カクヨムに掲載された「転生したら最強種たちが住まう島でした。
この島でスローライフを楽しみます」を加筆修正したものです。

ISBN978-4-7575-8844-8　C0093　　Printed in Japan